Made in the USA
Las Vegas, NV
24 April 2025

21306151R00142

روز اوّل قبر

صادق چوبک

روز اوّل قبر

نشر
آلفا

روز اوّل قبر

صادق چوبک

چاپ اول – ۱۳۴۴

بازچاپ اول در خارج از ایران ـ در سوئد و حوزه‌ی کشورهای کنوانسیون بِرنه
توسط نشر آلفا ۲۰۱۷

ISBN-13: 978-1546405979
ISBN-10: 1546405976

This reprint is produced and published by *Alpha Publishing* 2017
Alpha Publishing is an Imprint of *Wisehouse Publishing* (Sweden)
www.wisehouse-publishing.com

Contact: info@wisehouse-publishing.com

برای پسرم روزبه

فهرست

گورکن‌ها

بچه ها ، خدیجه را مانند گله سگی که گرگی را در ده غریبی دوره کند ، در میان گرفته بودند و سرتاسر راسته بازار دنبالش دست میزدند و دم گرفته بودند:

«هو ، هو ، بچهٔ حرومزاده داره .

هو ، هو ، بچهٔ حرومزاده داره .»

دخترك با پای پتی و پیراهن کرباسی که از رو شانه تا شکمش جرخورده بود شکم سنگین تودست و پا افتاده‌اش رامیکشید وهول خورده میرفت . خرده‌های کاه وخارخسك تار موهایش را توهم قفل کرده بود و چون پشم گوسفند دور

چهره چر کینش آویزان بود .

بدکان نانوائی که رسید پاهایش ایستاد و بالاتنه‌اش موجی خورد ونگاهش رو پیشخوان ماند . پسر کی از پشت سر تریش پیراهن اورا گرفت و ِجرداد. نگاه دختر از دکان بیرون نیامد . تو پشتش سوخت . دستش را به پشتش برد و سرسری آنجائی را که ِجر خورده بود مالید و نگاهش برای نانهای روی پیشخوان موج میکشید . واله نانها شده بود .

نانوا پای ترازو پا بپا شد . دستهایش رو پیشخوان به کند و کو افتاد . دخترك از جایش جنبید و پیش رفت و دستها برای گرفتن دراز شد و ُلپ‌های دخترك ازنان‌آبستن شد و بیخ گلویش باز و بسته شد و نانها تو دستش مچاله شد و دیگر دهنش جا نداشت که نان توش بتپاند .

«آخه تو کی می‌خوای تر کمون بزنی . چرا نمیگی ... تولت مال کیه تا فکری برایت بکنیم . وادارش میکنیم‌آبی بریزه سرت بشوندت .»

نانوا اصرار داشت ازش حرف بکشد و هر روز همین را ازش میپرسید و دخترك جواب نمیداد و حالا هم داشت

با گشنگی کهنه‌ای که بیخ دلش مالش میداد نان نجویده را قورت میداد و زل زل به نانوا نگاه میکرد.

روصورت و گردنش شتک گل نشسته بود. پوست‌تنش چرك و چرب بود. دستهاش کووزه بسته بود. بچه‌ها ولش نمیکردند. پیش رو و پشت سرش ورجه ورجه میکردند. هلش میدادند. انگولکش میکردند. سنگش میزدند و میخواندند:

«هو، هو، بچهٔ حرومزاده داره.

هو، هو، بچهٔ حرومزاده داره.»

«تو چقده سرتقی دختر، چرا حرف نمیزنی؟ آخه باباش کید؟ مال همین رهید؟» نانوا دیلاق و لاغر بود و پیاپی پشت دخل پا بپا میشد. خدیجه باو نگاه میکرد و مژه نمیزد. ناگهان یکی از پس اورا هل داد واو همچنانکه بجلو هل خورد مانند آدم لغوه‌ای که نتواند جلو حرکت خودش را بگیرد راهش را گرفت و رفت وبچه‌های لخت قد و نیم قد پشت سرش راه افتادند. یکی از آنها کونه هویجی که تو دستش بود گاز زد واز بچهٔ پهلودستیش پرسید:

«این دختره چکار کرده؟»

ـ «بچهٔ حرومزاده تو شکمشه.»

ـ «بچهٔ حرومزاده چیه؟»

ـ «باباش معلوم نیس کیه.»

ـ «بابای کی معلوم نیس کیه؟»

ـ «بابای بچه حرومزاده؟»

ـ «چرا معلوم نیس؟»

ـ «برای اینکه معلوم نیس. دیگه جنده شده.»

سپس پسرك کونهٔ هویجش را بطرف دخترك پرت کرد که خورد پشت سر دخترك که هولکی خم شد روزمین دنبال سنگ گشت که سنگ گیرش نیامد و یك تکه پوست انار بدستش آمد که آنرا به طرف بچه‌ها پراند که بچه‌ها در رفتند و او دنبال بچه ها میدوید و شکمش تو دست و پاش ولو بود وپستانهای کشیده سنگینش تو سینداش لت میخورد و باز بر گشت وبراه خودش رفت وباز بچه‌ها دنبالش افتادند و خواندند ودست زدند:

«هو، هو، بچهٔ حرومزاده داره.

هو، هو، بچهٔ حرومزاده داره.»

ژاندارمی تفنگ بدوش ودستمال بستدای بدست، رسید.

راهگذری‌هم با ژاندارم همراه شد . اوهم یك دستمال بسته ویك فانوس لوله دود زده ِ خاموش تو دستش‌بود. آنها خاموش پابپای هم راه میرفتند. همدیگر را نمیشناختند . راهگذر به ژاندارم گفت :

« مِثه اینکه خیال ترکمون زدن نداره . خیلی وخته همین جوری شکمش تو دست وپاشه .»

ـ «آخرش معلوم نشد بچِّش مال کیه ؟ »

ـ « مال اینجاها نیس . میگن مال یه جوونی تو ده بالائیه . عجب دنیائی شده .»

ـ « خیر و برکت ازهمه‌چی رفته. خدا کنه خودش سر زا بره بچه‌شم نفله بشه .»

ـ « زبونم لال، بعضی وختا آدم ازکارای خدا سر در نمیاره. چقده این دخترتواین شهر کتك خورد ؟ بازم بچِّش نیفتاد که نیفتاد . »

ـ « کاشکی کتك خالی خورده بود. هنوز یکی دوماه بیشترش نبود که مش غلامرضای مالك سیا کلاه بردش بسّش بگاوآهن که زمین واسش شخم کنه . میگفت نباس بچه حرومزاده تو دس و پای مردم وول بزنه. هرکاری کرد بچِّش

نیفتاد . مثه سگ هفتا جون داره .»

ـ « مش غلامرضا آدم با خدائیه، میشناسمش. راس میگه . هرکاری کرد خوب کرد . چه جوری بود ؟»

ـ « بله، به پاسگاه خبردادن که یه دختری تو سیاکلاه داره میمیره. با سرکار ستوان رفتیم اونجا دیدیم تو مزرعه افتاده خون ازش میره ؛ چند تا دهاتی هم دور ورش بودن . خود مش غلامرضا هم بودش . تحقیقات محلی کردیم معلوم شد مش‌غلامرضا به خیش بسته بودش . همه گفتیم شکرخدا که بچه‌ش افتاد . بعد دیدیم دخترك پا شد در رفت و ما هم برگشتیم پاسگاه . طوری نشد . بچه‌شم نیفتاد . »

تو کمرکش بازارچه، روستائی درشت اندام زمختی که زنجیرخرس بچه‌ای تودستش بود سبز شد وبچه‌ها بدیدن خرسك هر که هرچه تو دستش بود بسوی دخترك پرتاب کرد وهمه دنبال خرساك افتادند. دخترك هم برگشت وبخرس بچه خیره‌شد. خنده داغمه بستدای رو لبان کلفتش‌نشست وچند گام دنبال خرسك کشانده شد . باز ایستاد و باز نگاه کرد و باز براه خودش رفت. آفتاب تو جنگل قایم شد و برق خیابان و زنبوری دکان ها روشن شد .

تو طویله‌ای که خدیجه شبها درآن میخوابید دو تا خرهم بود که مال خر کچی پیرمردی بودند. طویله مال خر کچی بود که چسبیده بآلونکی بود که خودش با پیرزنی یك چشمی که زن او بود درآن زندگی میکردند. پیرمرد روزها روخرهاکار میکرد واز وقتی که یکی‌ازخرها ناخوش شده بود واز جاش تکان نمیخورد، تنها رو یکی ازآنها کار میکرد.

طویله تاریك بود و در و پیکر نداشت. شکافی تو دیوارش بود که از توش آمد و شد میکردند. یکی‌ازخرها پیش‌آخور ایستاده بود کاه میخورد. خردیگر به‌پهلو رو زمین افتاده بود و دست و پاهاش جلوش دراز بود ونفس‌نفس میزد. دختر، اول خرهارا ندید. اما آنها را حس میکرد. هرشب که به طویله میآمد همین جور بود. یکی از خرها چیز میخورد و خر دیگر افتاده بود و خرخر میکرد. بعد که چشمانش به تاریکی یار میشد آنها را میدید و وصله های حنائی رنگ و رو رفته‌ای که روتن آنها داغ خورده بود بچشمش میخورد.

یك راست رفت بسوی تخت پهنی که گوشهٔ طویله

در تب و تاب بود و خودش را با شکم بر آمده اش رو آن انداخت و زمانی درتاریکی یارنشده نشست. جنبش و نفس کشیدن خرها راحس میکرد . ازبودن آنها خوشحال بود . سپس بدپشت دراز کشید و بسقف کار ُتنك گرفته دود زده چوبین طویله خیره ماند. از تو آلونك بغل طویله گفتگوی صاحب آلونك و زنش تو گوشش راه باز کرد .

ـ «نمیخوام کسی که بچید حرومزاده تو شکمشد بیاد تو خونۀمن بموند. برکت ازکارم میره.» پیرمرد گفته بود وپیرزن جوابش داده‌بود: «چه برکتی؟ مگه ازخدا غافل‌شدی؟ سگ تو این طویله نمیمونه . یه الف آدم کد شب تا شب میاد رو تخت پهین گوشۀ طویلۀ تو میخوابه برکت از کارت میره ؟» و پیرمرد گفته بود : « برکت کارم رفته . خرم داره سقط میشه . پس اینا برای چید؟ فردا که ترکمون زد میشن دوتا. اون یکی خرمم ناخوش میشد. » و پیرزن هیچ نگفته بود و دختر به تیرهای رنج کشیده متروك و غم گرفتۀ سقف خیره مانده بود و بو ُترشال تخته پهین را بدرون می کشید.

از بو ُترشال پهین خوشش میآمد. بو خاموشی‌میداد. بوخواب میداد . جاش گرم و نرم بود. دست و پایش را زیر

انبوه‌آن میدواند و گرمی قلقلك دهنده‌آنرا تو تن خود هورت میکشید. خرخر خر ناخوش تو گوشش میکوبید. میدانست که خرك زخم و زیلی بود و هرچه جلوش میریختند نمیخورد و همیشه چشمانش بازبود و خرخر میکرد. تو تاریکی نخ‌نما شده سقف طویله خیره مانده بود و پیش خودش فکر میکرد:

« کاسم‌یه بچه خر کوچیك پشمالو بزام. بچیه خر خیلی قشنگه . آدم دلش میخواد بگیردش تو بغل ماچش کنه . کاسم یه بچه خرس بزام . مثه همین که توبازار بود. چقده قشنگ بود . چرا کتکش میزدن ؟ بابانش کجان ؟ کاشکی میشد میاوردمش اینجا میگرفتمش توبغلم میخوابیدم. چقده قشنگ‌بود. اگه مال‌من بودباهم میرفتیم میزدیم به جنگل. اونوخت دیگه شیر وپلنگم کارمون نداشتن. نه . اول ورش میداشتم‌شب میبردمش خونیه قاسم ازخواب بیدارش‌میکردم. قاسم تاچشّاش بخرس باون گندگی میافتاد زهلد ترك میشد. میگفتم یاالله زود باش جالا که آبسّنم کردی بیا بگیرم . اگه نگیری میگم خرسه بخوردت. اما اگه نگرفتم بازم نمیگم خرسه بخوردش . قاسم بچیه خوبیه . »

هنوز دندانهایش بخنده باز نشده بود که ناگاه پیچ

سردی تو نافش دوید. زود دلش آشوب افتاد و سرش این سو آن‌سو رو پهین دم کرده موج خورد. درد زود ول کرد وجای آن بیخ دلش ماند. تنش نم کشیده بود وتوفکر درد تا گهانی بود که چگونه آمد ورفت، که درد باز آمد وتنش خیس عرق شد و ازجایش جست و نشست وسپس رو زمین کُنجُله شد واز پشت به پهلو غلتید و باز پا شد نشست و تنش زیر لعاب عرق پیچ و تاب خورد و باز درد رفت وتنش کوفته ماند و لَخت رو تخت پهین افتاد. بدتنش ودرونش زلزله دردی افتاده بود. باز منتظرش بود. نمیدانست این درد کجای تنش است. تمام تنش میلرزید ودرونش سبك شده بودودیگر سنگینی‌نه‌کمش راحس نمیکرد .

حالا باز دردآمد وگرفت و کوفت وماند. پهین هارا چنگ میزد و به سر و روی خود می‌پاشید . دندان غرچه میکرد و با ناخن تن خود را میخست . چهره‌اش از اشك و عرق تر بود و خاك پهین روش گرفته بود و ناله از درونش بیرون میریخت و تنش مـوج میخورد و سرش میگذاشت جای پاش و تنهائی و درد تو دلش چنگ انداخته بـود . مینالید . گریه میکرد .

چراغ موشی لرزانی که حبابی از دود پر پشتی دور فتیله‌اش گرفته بود فضای طویله را سرخگون کرد. همراه آن پیرزن و پیرمردی تو طویله هل خوردند. چراغ تودست پیرزن میلرزید. چهره بیم خورده و توفانی آنها دنبال ناله کش دار رسوائی بپا کنی که از گوشه طویله بلند بود میگشت. پیرزن دید ودانست و گفت: «تونیا. خوب‌نیس داره باد میخوره.» و پیرمرد سرش را انداخت زیر وغمناك و بیچاره گفت: «تو هرچه میخوای بگو. این ناخوشی خر ما از بد قدمی این دخترس. اگه این اینجا نیومده بود خر مام ازکف نمیرفت. حالا هم که داره میزاد.» پیرزن برزخ شد و بسوی بستر پهن رفت و گفت: «حالا وخت این حرفا نیس. مگه نمی‌بینی مثه مار داره دور خودش پیچ میخوره؟ تو برو بخواب. من خودم بچه رو میگیرم.» پیر مرد سرش را تکان داد ودستش‌را بدیوار گرفت و رویش را ازبستر پهن گرداند و روزمین تف کرد وبرگشت توآلونك.

پیرزن آمد بالای سر دختر که میلرزید و نگاه بیم خورده پارجوئی توچهره اش موج میخورد و چشمان سیاهش از میان خاربست مژه‌ها جسته بود و با جا بجاشدن

پیرزن و چراغ موشی میگشت و تنش پیچ و تاب میخورد و درد زلزله بجانش انداخته بود و چهره‌اش تاسیده شده بود و شکم و پستانهایش از گریبانِ جر خورده‌اش بیرون جسته بود . پیر زن چراغ را جای آجری که چون دندان کنده شده‌ای تو فك دیوار دهن باز کرده بود گذاشت و رو دختر خم شد و نشست و دستهای اورا بدست گرفت .

دختر باشوق دردناکی دستهای پیرزن را چسبید واو را با زور جوان دخترانداش بسوی خود کشید . دستها تو هم قلاب شد ودرد دختر تو تن پیرزن راه یافت ومیخ گداخته‌ای تو نخاع دختر دوید و از جا کنده شد و در دم بی جنبش رو بستر ِپهین افتاد و پاهایش ازهم باز شد. لاشه دختر شل شد و لخت شد و دستهای پیرزن ول ماند و درد ونگاهِ زخم خورده دختر مُرد و تلاش و پیچ وتاب وترس وتنهائی همراه بچه وجفت و شُرشُر خون بیرون ریخت ونعره بچه، سیاهی خونین را شست .

پیرزن بچه و جفت را گذاشت رو بسترِ پهین وشتابزده پا شد رفت تو آلونك و در دم با یك تکه گونی و یك کارد کنده برگشت بحطویلد . ناف بچه را برید وجفت را ، گرم

وخونین وآماس کرده، بگوشه‌ای پرت کرد. «یه‌دختر دیگه» پیر زن غرغر کرد و آنرا لای کونی پیچید و تـو چهره‌اش خندید و بردش جلو نور چراغ و انگشت گوشت و ناخن گره خورده و خرد شده‌اش را تو حلق بچه تپانید و سق او را برداشت و نعره طفل بلند شد و پیرزن با دهن بی‌دندان برایش موچ کشید.

بچه تو بغل دختر بود و چراغ میسوخت و بچه زار میزد و سایه‌های سرخ و سیاه چراغ، طویله را بدهن کجی انداخته بود و پیر زن آنجا نبود. زاری کودک بـا صدای خِرخِر خر ناخوش قاتی شده بود. نفس تب دار خر پرده‌های بینی جِر خورده‌اش را ازهم میشکافت. خر دیگر هرچه در آخور بـود خورده بود و حالا رو چهار دست و پا خوابیده بود وجلوش را نگاه میکرد.

از فریاد بچه‌که بغل گوشش زق زق میکرد بهوش آمد و گرمی و سنگینی و بخورِ بوی خون گرفتهِ کودک، سرش را بسوی او یله کرد. دستش دور طفل حلقه زده بود. ترسید. نیم خیز شد و توصورت نوزاد ماه رخ رفت ولبهای داغمه بسته‌اش ازهم باز نشد و چهره و چشمانش خندید و

ناگهان موجی خون توچهار بست کمرش جوشید و شُرّی از میان پایش بیرون ریخت وچشمانش سیاهی رفت وتندی نشست وچندتا اوق‌خشکه زد وداغمه لبهاش پاره‌شد و کف‌چسبناکی رو چانه‌اش ول شد ونگاهش به خرناخوش افتاد و بالا آورد.

سپس شتابزده برگشت بچه را ورانداز کرد . آنگاه از جایش پا شد . تنش روپاهاش میلرزید . بچه را بلند کرد گرفت تو بغلش . ساقهای پاش سرخ و تر بود . زانوهاش میلرزید و پهین پوك زیر پاهاش خالی میشد . گونی را دور بچه پیچید و از طویله بیرون آمد .

توکوچه کسی نبود . بانگ خروسی که بغل گوشش از رو دیوارجیغ کشید دلش را تو ریخت. سردش شد ولرزید و ترسید . و زیر بازارچه یك خرکچی را دید که دو تا بار کود رو الاغ جلوش تلوتلو میخورد واوبا بیل به سگهائی که دورش واق واق میکردند حمله برده بود . بو گند آغشته با خاکستر تپیده‌تو گالدها، دماغش را سوزاند. از الاغها جلو افتاد و بیرون بازارچه ستاره صبح را دید که تو پیشانی آسمان زُق زُق میکرد وخیابان گلوگشاد دکانها درآن بخواب رفتند ، اورا بخود کشید و بسوی پل راهیش ساخت .

ژاندارمی تفنگ بدست تو اتاقك چوبی پاسگاه پا ـ
بپا میشد . دختراندام نزاربچگانه خود را بآن سوی خیابان
که پاسگاه نبود و ژاندارم نبود کشانید واز لای ساید روشن
هوای مه گرفته سحر به پل نزدیك شد .

« همونجا که هسّی وایسا ! » پرده گوش دختر خراش
خورد . به تکاپو افتاد وتند دوید .

« اگه وانسّی میزنم ! » دختر سکندری میخورد و
سنگینیش جلو افتاده بود و بچه تو بغلش لنگر میخورد و
درونش میسوخت . دیوار سنگی پل او را در آغوش کشید و
سپس پل خالی ماند و جنگل او را بلعید .

ژاندارم بسوی پل گردن کشیده بود. پل خالی و گوژپشت
بود. سپس سرش را تو راهروهل داد وداد کشید : «قربونلی!
قربونلی!» ژاندارم یقه باز سربرهنه‌ای که یك سر نیزه رو
کپلش آویزان بود از تو آمد بیرون . نگهبان باو گفت :

« برو زود بسرکار ستوان بگو یه نفر ـ یه زن که
یه‌چیزی تو بغلش بود مثه گلوله ازپل گذشت وزد بجنگل.»
ژاندارم یقه باز سربرهنه که چشمانش‌را می‌مالید و دهن دره
میکرد گفت :

« اگه واسه اینکار بیدارش کنیم کفرش در میاد . خوبه هیچ نگیم .»

پس برو گروهبان نگهبانو بیدار کـن و زود بیارش اینجا .» نگهبان گفت ونگاهش تو سیاهی جنگل کندو کو میکرد . ژاندارم یقه بازِ سر برهنه رفت تو و زود با یك سرجوخه برگشت . ژاندارم نگهبان اخم کرده بود و روپل نگاه میکرد و سرجوخه را ندید و اورا حس کرد .

« کی بود ؟ چی باش داشت ؟ » سرجوخه هولکی پرسید .

« مثه یه زن بود . حتماً زن بود . اما یه چیزی تو بغلش بود. زد بجنگل. خیلی دسپاچه‌بود. مثه اینکه یکی عقبش کرده بود . »

نگهبان بجنگل نگـاه میکرد و نمیخواست تو رو سرجوخه نگاه کند . از او بدش میآمد ژاندارم سر برهنهِ یقه باز و سرجوخه رفتند تو و بعد سه نفر شدند و بیرون آمدند . هُرم سرکارستوان تو دماغ نگهبان خورد وخبردار ایستاد وبعد اورادید. تفنگش میان سه‌انگشت دست راستش بغلش ایستاده بود . سرکار ستوان ده تیری تو کمـر بندش

خوابیده بود . خلقش تنگ بود و خواب تو چهره‌اش موج میخورد وسیگار تازه‌آتش گرفته‌ای میان لبهاش چسبیده بود.

«چراغ قوه روبردار.» سرکار ستوان گفت و ژاندارم یقه‌باز سربرهنه رفت وبا چراغ قوهٔ درازی برگشت .دیگر سرش برهنه نبود ویقه‌اش بسته بود . هرسه رفتند بسوی پل. نگهبان سرجاش ایستاده بود و پشت سر آنها نگاه میکرد . و حالا آزاد ایستاده بود . رو پل رسیدند . صدای تاق تاق میخ کفش‌هاشان تو هوا خال می انداخت . دیگر نگهبانِ دم پاسگاه آنها را نمیدید .

« اگه ردّشو پیدا کردین منو صدا کنین. قربونلی تو بروا‌ین‌طرف، اکبرتوهم بروا‌ونطرف.» سرکار ستوان این طرف و آنطرف را با دست بآنها نشان داد و خودش ایستاد وسر تا پای درختان جلوِ خود را ورانداز کرد . بعدخودش هم آنراهی رفت که نه آنطرف و نه اینطرف .

صدای شاخه بشاخه شدن پرندگان خواب زده وجیغ جغدها بلند بود . زنجره‌ها و سوسك ها وز وز می کردند و برگ درختان میلرزید و خش خش می کرد و آب تو جـو میلولید وته رخِ آسمان از لای شاخه‌ها سوسو میزد. صدای

ذوق زده‌ای خاموشی جنگل را خـراشید : « سرکار ستوان پیداش کردم. » وهنگامی که سرکارستوان خودش رابژاندارم رسانید سرجوخه هم سر رسید. زنی چندك رو بروشان، رو زمین نشسته بود . سرکار ستوان با نور چراغ قوه تیرگی خاموش جنگل را درید .

« چی همرات بود . چیکارش کردی ؟ » سرکارستوان تو سر دخترك داد زد. و بعد سرجوخه خندان گفت: « این همون دختر دیوونداس که بچیه حرومزاده تو شکمشه . » وسرکارستوان باز داد زد: «پدر سوخته زود باش بگو. بقچتو چیکارش کردی ؟» وآنگاه ژاندارمی که سرجوخه‌نبود خیز برداشت بطرف دخترك و شانه‌اش را چسبید و تکان داد وداد کشید: « د جون بکن حرف بزن . » چشمان دختر ازلای فضای‌خالی‌میان هیکل‌ژاندارمها، آن دورها نگاه می کرد.

افسر پیش دخترك رفت وچراغش را خاموش وروشن کرد و دور ور او راکاوید و نور چراغ چشمان ازچشمخانه بیرون جسته دختر را آزرد ، و پـای افسر توی تل خاك نمناك تازه زیر و رو شده‌ای فرو رفت .

ژاندارمها خاك پوك نمناك را پس زدند. بچه نمایان

شد . افسر راست ایستاد و تنش را قورت داد و گفت :
«ببرینش پاسگاه.» وژاندارمها دخترك را بسوی پاسگاه راندند
ویکیشانهم بچهرا بغل کرده بود وافسر توجیبش دنبال سیگار
گشت وچشمانش رو زد شیارهای دور گودال بود . بعدتکمه
شلوارش را باز کرد و تو گودال شاشید وچراغ قوه را روشن
کرد وبشاش خودش نگاه کرد .

چشم شیشه‌ای

چشم آماده بود و دکتر آنرا تو چشمخانه پسرك جا گذارد و گفت: « باز کن ، چشمتو باز کن ، حالا ببند ، ببند. حالا خوب شد. شد مثه اولش.» سپس رو کرد بدپدر ومادر پسرك و گفت: « ببینین اندازه اندازه‌س. مو لای پلکاش نمیره . »

پسرك پنجساله بود وصاف رو یك چار پایه. نزدیك میز دکتر ایستاده بود . پدر و مادرش پهلویش ایستاده بودند. پدر پشت سرش بود و رو بروی دکتر بود و کجکی بصورت بچداش نگاه میکرد . مادر آنطرفتر ، میان مطب

ایستاده بود و پشت سر پسرش را میدیـد و پیش نیامد کـه ببیند « اندازه اس و مو لای پلکاش نمیره . »

حالا دیگر شب بود و مادر و پسرك چشم شیشه ای و پدرش تو خانه دور یك میز نشسته بودند . کودك شیر خواره دیگری به پستان مادر چسبیده بود . سبیل سیاه و کلفت مرد به رو میزی پلاستیك خم مانده بود و نگاهش ، یك وری بصورت پسرك چشم شیشه‌ای خواب رفته بود .

« علیجانم حالا دیگـه چشّات مثه اولش شده . مثه چشّای ما شده.» پدر گفت و پا شد از روی طاقچه یك آئینه کوچك برداشت و برد پیش پسرك. بچه زُل زُل توآئینه خیره ماند . چشم شیشه‌ای او بی‌حرکت وآبچکان ، پهلو آن چشم دیگر که درست بود ، رو آئینه زل زد. بعد ناگهان تو رو باباش خندید . مادرك چشمانش نم نشسته بود و بآنها نگـاه نمیکرد و به گریبان خود ، بگونه کودك شیر خـواره‌اش خیره مانده بود .

باز صدای پدر بلند شد. « مادر، مگه نه ؟ مگه نه که چشّای علیجان مثه روز اولش شده ؟ » مادرك تف لزج بیخ گلویش را قورت داد و سرش را تکان داد و نور چراغ

ازپشت بار اشک لرزیدن گرفت وباصدای خفدای گفت: «آره، مثه اولش.» سپس شتابان کودک شیرخوار را بغل زد و پاشد و اورا برد و تو گهواره گوشه اطاق خواباند.

پدر راه افتاد ورفت پیش پنجره و تو حیاط نگاه کرد ومادر رفت پهلوی او تو حیاط نگاه کرد و حیاط تاریک و خالی و سرد بود. مرد ساید گرم زن را پشت سر خود حس کرد وباصدای اشک خراشیده‌ای گفت: «من دیگه طاقت ندارم. تنهاش نذار. برو پیشش.»

زن صداش لرزید و چشمانش سیاهی رفت و نالید: «من دارم میفتم. اگه میتونی تو برو پیشش» ومرد برگشت و توچهره زنش خیره ماند. گونه‌های اوتر بود وچکه های اشک رو سبیلهاش ژاله بسته بود. زن گفت: «اگه اینجوری ببیندت دق میکند. اشکاتو پاك کن.» وخودش به هق‌هق افتاد وسرش‌را انداخت زیر و به‌پاهای برهنه خودنگاه کرد.

آهسته دست زن را گرفت وگفت: «نکن. بیابریم پیشش. امشب ازهمیشه خوشحال تره. ندیدی میخندید.؟» و چشمان خود را پاك کرد و مفش را بالا کشید. سینه وشانه‌های زن لرزید وگریه‌اش راقورت داد. و هردو پیش

بچه رفتند و بالای سرش ایستادند و باو نگاه کردند.

پسرك آئینه را گذاشته بود رو میز و چشم شیشه‌ای خود را از چشمخانه بیرون کشیده بود و گذاشته بود رو آئینه و کره پرسفیدی آن با نی‌نی مرده‌اش رو آئینه وق زده بود وچشم دیگرش را کجکی بالای آئینه خم کرده بود و پر شگفت بآن خیره شده بود و چشمخانه سیاه و پوکش، خالی رو چشم شیشه‌ای دهن کجی میکرد.

دسته گل

نامهٔ سربسته را با همان خطی که میشناخت ویک دانه تمبر پست شهری روش خورده بود ، جلوش رومیز گذاشته بود وجرأت نمیکرد به آن دست بزند . تقصیر خودش بود که تا باتاق‌کارش وارد شد ، دوید و رفت میان نامه های اداری گشت و اول از همه این نامه را پیدا کرد . ولی‌حالا که پیداش کرده بود جرأت باز کردن آنرا نداشت . این سومین نامه‌ای بود که دراین دو هفته اخیر بدست او رسیده بود و مضمونش را خیلی خوب میتوانست حدس بزند چیست . نامه تو یك پاکت مثلوك پاکتچی ساخت بازارین-

الحرمین خوابیده بود و او میدانست که تا بپاکت دست بزند چسبش از هم وامیرود ودهن بازمیکند. دو تا پاکت قبلی‌هم همینجور بود.

طوری بنامه نگاه میکرد که بمارخفته‌ای نگاه کند. دلش میخواست زود آنرا باز کند و بخواندش . اما دستش بسوی آن دراز نمی شد . میترسید پاکت جان بگیرد و راه بیفتد و تخم چشمهایش را بخورد . حس می کرد یقداش گردنش را گاز گرفته بود و خونش را میخورد . تنش سرد شده بود و توان حرکت را نداشت . غیر از خودش و زنش و یکی دونفر، کسی از مفاد نامه‌ها آگاه نبود . حتی رئیس دفترش هم بوئی‌نبرده بود. کسی چه میدانست درنامهٔ سربسته چیست.رئیس دفتر نامه‌های‌خصوصی رئیس‌را دست نخورده و مستقیم میبرد و رو میزکار او میگذاشت .

اما چاره‌ای نداشت ومیبایست نامه را بخواند . اگر نامه را نمیخواند هیچ‌کار دیگر ازدستش‌نمیآمد . چند روز بود که منتظر این نامه بود . فشاری بخودآورد و بالاتنه اش را رو میز یله کرد و با دلهره و انگشتان لرزان پاکت را گرفت و بازکرد و خواند :

« شاید خیال کرده بودی حرفهای من در نامه‌ای که هفته پیش برایت نوشتم تمام شده است؟ اگر چنین‌است خیلی اشتباه کرده‌ای. لابد خیال میکنی آنچه که در نامه های پیش برایت نوشتم همه توپ خالی بوده. آخرچرا؟ مگر من مرض دارم که بیخودی باین‌کارخطرناك نامه نویسی و تهدید بکشتن‌تو دست‌بزنم؟ من باید پیش‌ازآنکه ترا یکباربکشم و مردم این اداره‌را ازشرّت خلاص کنم، میخواهم چندبار ترا بکشم و زنده کنم وآخر سر طبق برنامه‌ای که دارم سگ ُکشَت کنم. این را دیگر من‌نگفته‌ام. گفته بزرگان است که‌آدمی که از مرگ میترسد، پیش‌ازآنکه مرگش فرارسد چندین‌بار میمیرد. میخواهم پیش ازآنکه بکشمت، درست و حسابی زجر ُکشَت کنم. مرگ چیز وحشتناکی‌است. باید از هرچه داری دست بکشی. زنت و خویشانت پس از تو دراین‌جهان خوش‌میگذرانند وتوزیر خاك سیاه خفته‌ای. من‌دلم‌میخواهد تو دزدمرگ را نوك زبان‌خودت حس کنی و با چشمان باز وباهوش و شعورِ مرگ زده، از داروندار وعلائق خودت خدا حافظی کنی.

من ترا میکشم برای اینکه‌آدم بدی‌هستی. میخواهم

یك مشت کارمندان بیچاره مفلوك را از دستت خلاص کنم. تو خیلی بزیر دستانت ظلم کرده‌ای. ظلمی که تو کرده‌ای شدّاد نکرده. فغان از تبعیض های تو. دیگر همه بجان آمده‌اند. هیچ چیز برای رئیس یك سازمان بدتراز تبعیض نیست. خدا نکند از چشم و ابروی یکی خوشت نیاید که اورا بروزسیاه مینشانی. نقشه من خیلی ساده است. میخواهم ترا زجر کش کنم و بعد کلکت را بکنم. اما میخواهم در دم مرگ مرا بشناسی. قاتل خودت را بشناسی.

خوب خبرت دارم که از دریافت این نامه ها چه میکشی. لابد خیلی دلت میخواهد مرا بشناسی. البته خواهی شناخت. ولی نه حالا. من بتو قول میدهم که در دم مرگ خودم را بتو بشناسانم. مرا خواهی دید. اما کی؟ وقتی که ششلول بدست بالای سرت ایستاده‌ام و تو، تو خون خودت میغلتی. این جزء برنامهٔ من است. اما هوس خطرناکی است. ممکن است من جان خودم را در راه این هوس بیجا بگذارم. اما نمیخواهم دل ترا بشکنم وطوری سر به نیستت کنم که ندانی از کجا خورده‌ای. آخر من قاتل شریفی هستم وتو حتماً باید مو بمو از سرگذشت خود آگاه باشی.

برای من فرق نمیکند که بعد از تو مرا بکشند . من آدم احمقی نیستم . زندگی هر کس باید هدفی داشته باشد . وقتی آدم بهدفش رسید دیگر چکاری دارد جز اینکه بنشیند وخستگی در کند ؟ هدف من کشتن توست وبکشتن تو خستگی من در میرود . آیا آن روز میآید که من این سینه پهن رستم صولت ترا و این صورت گوشتالود و چشمان بیرحم و وقیح ترا با گلوله سوراخ کنم ؟

راستی خبر داری که من میخواهم برای کشتن تو تپانچه بکار ببرم . یك هفت تیر جیبی خیلی ظریف بلژیکی دارم که هر چند برای آزمایش با آن پنهانی توکوههای پس قلعه تیراندازی کردهام و قبراق هم هست اما من خودم ازش راضی نیستم . از ریختش خوشم نمیآید . میدانی ، زیادی ظریف و نازك و نارنجی است و با آن دسته صدفیش مثل دوربین اپرای خانمهاست و مثل اینکه من نمیتوانم باور کنم که کار آدم کشی ازش ساخته باشد. شاید سر بزنگاه گیر کند و فشنگ توش بماند و پوکه را نپراند و تو هنوز زنده باشی . آنوقت تمام زحماتم نقش برآب خواهد شد و گرگ دهن آلوده و یوسف ندریده .

چون با این هفت تیر بلژیکی اطمینان نداشتم سیصد و پنجاه تومان از پول حلال خودم دادم و با چه زحمتی یك نوغان روسی برایت خریده‌ام . تو خودت میدانی که خرید اسلحه قاچاق چه‌کارپر زحمتی است . بآدم اطمینان‌نمیکنند. خیال میکنند آدم میخواهد آنها را لو بدهد . جانم بلبم رسید تا شبانه پس از دوندگی بسیار تو کوچه‌های تاریك پول دادم و نوغان را گرفتم . تازه خودم اطمینان نداشتم که خراب نباشد . خوشبختانه نونو است . این اسلحه راستی نخورد ندارد . از پنجاه متری گاومیش را میغلتاند . تاچه رسد بدتو . گیر کردن توکارش نیست . حالا برایت میگویم چه شکلی است . نوغان گردونه‌ای دارد که شش‌تا فشنگ تو شش‌تاخانه‌هایش‌جا میگیرد وحسنش این است که هرفشنگی که خالی شد ، پوکه آن با خانه‌اش از جلو سوزن رد میشود و زود یك خانه دیگر با یك فشنگ پر جای آنرا میگیرد . برای همین هم هست که خطا نمیکند و فشنگ توش گیر نمیکند . وکارش هم چنان است که وقتی بگوشت تن خورد بظاهر هرچند یك سوراخ کوچك معمولی بجا میگذارد ، اما زیر آن منطقه وسیعی را خرد و خاکشی و

متلاشی میکند و ازکار میاندازد .

هرکاری زحمت دارد . نان خوردن هم زحمت دارد. اما وقتی کار هر قدر هم مشکل باشد انجام شد لـذت آن زحمتش را از یاد آدم میبرد . بدبخشید من درمدرسه فلسفه هم خوانده‌ام . اگر گـاهی وارد معقولات میشوم معذرت میخواهم واین را میخواستم بگویم که هرکاری مشکل است مخصوصاً آدم کشی . باور کن وقتی کـه فکرش را میکنم میبینم هیچ‌کاری در دنیا از آدم کشی مشکل‌تر نیست . من برای خودم معقول آدمی بودم که زندگی بی‌سر و صدائی داشتم . اما از وقتیکه این خیال لعنتی کشتن تو تو سرم افتاده یك‌آن راحت نیستم و همیشه در تشویش بزرگی بسر میبرم . دلم میخواهد این کار هرچه زودتر انجام بشود . اما رسیدن بهدف مشکل است . فکر کشتن تو خواب و خوراك را ازمن گرفته . اما یقین دارم که درکارم موفق خواهم شد. فکر کن کسی که تمام کوشش و استعداد و وقت خودش را در راه رسیدن به هدفی که دوست دارد یا کاری که عاشق آن است صرف کند بی‌برو بر گرد بمرادش خواهد رسید .

ترسی ندارم از اینکه جزئیات نقشهٔ خودم را برایت

شرح دهم . برای اینکه این خود جزئی از برنامه است . تمام وسائل کار فراهم است . جان تو در دست من است ومن میتوانم همین امروز ترا بکشم . اما حیف است که تو ، با یك گلوله و در یك چشم بهم زدن بمیری . گفتم که من میخواهم تا آنجا که ممکن است ترا زجر کش کنم . تو باید درانتظار مرگ خودت شکنجدها ببینی وچون محکومی که حکم نهائی اعدام باو ابلاغ شده و مدت میان ابلاغ و اجرای حکم بشکنجد روحی وجان کندن زنده است، تو هم هرشب و روز کابوس مرگ را برسینهٔ خود ببینی .

خیلی میل دارم ترا از روبرو بزنم. ولی اگر نتوانستم این زیاد مهم نیست . آدم نمیتواند در این دنیا همه چیزرا داشته باشد . از روبرو و پشت سر فرق زیادی ندارد . دلم نمیخواهد تیر جای حساس تو بخورد و جا در جا بمیری ؛ بلکه آرزو دارم که چند روزی پس ازآن زنده باشی . باید دکتر عملت کند و دل و رودههایت را بهم بریزد و ببرد و بدوزد . باید اتاق عمل که حکم اتاق انتظار مرگ را دارد بچشم خودت ببینی؛ وباتمام تشریفاتش شکنجه های ترازیاد کنند و مرگ را بشکلهای گوناگون پیش چشمت بیاورند .

چکنم با تو دشمنم وجان خود را هم رواین کار میگذارم .

باید وقت کافی داشته باشی تا خود را برای مردن آماده کنی . از اراضی و املاکت واز زنت و خویشانت دل بکنی . وصیت کنی و از دارائیت چشم بپوشی . میراث‌خوران خود را در بیمارستان برای احوالپرسی دور خود جمع ببینی وچون شمع ذره ذره آب بشوی . آخر تو خودت نمیدانی چقدر ظالم هستی . چقدر زیر دستان خودت را چزانده‌ای. چقدر زور گفته‌ای و نخوت فروخته‌ای. نمیدانی من ازتو واز قیافه تو واز رفتار تو و نگاه تو وازآن چشمان بیرحم تو چقدر بیزارم . من میتوانم ساعت‌ها تو چشمان پلنگ نگاه کنم وحس همدردی و انسانی درآن پیدا کنم . اما آن چشمان دریده تو که ذره ای نگاه انسانی ندارد جانم را میسوزاند. هیچ فرعونی را در دنیا سراغ ندارم که کشور بدبخت خودش را آنچنانکه تواینجا را می‌چرخانی اداره کرده باشد . برسرنوشت یك مشت بیچاره گدا حاکم هستی. تمام‌کارمندان تو،چشمشان را برای شندر غاز بدست تو دوخته‌اند . اما تو با آنها رفتار فرعونی داری و غرض و مرض درکارشان میکنی . و دستهایت چنان بعرب و عجم

بندآست که امید رفتنت هم باین زودیها از این دستگاه نیست. اینجا تیول تواست. پس هیچ چاره‌ای جز کشتن تو ندارم. من خودم هم نمیدانم، شاید جانی بالفطره باشم. اما من تا کنون آزارم بهیچ جانوری نرسیده. ولی این مهم نیست. شاید این حس تازگی درمن بیدارشده. آدمیزاد که همیشه یك جور نیست، دائم عوض میشود.

دیشب خواب دیدم که بمرادم رسیده‌ام و ترا زده‌ام. این جور بود که تو، تو اداره پشت میزکارت نشسته بودی که من غفلةً در اتاق را باز کردم وآمدم تو و با ششلولم سه تیر پشت سرهم توتنت خالی کردم. از جلو سرت رومیز افتاد و خون شفاف جوشانی از شقیقه و دهنت بر شیشهٔ بزرگی که رو میزت هست پخش شد. کاغذها و پرونده‌ها دیدنی بودند. تا نزدیکت آمدم و سرت را که روی شیشهٔ میز افتاده بود بلند کردم، چشمانِ بسته خونینت ناگهان باز شد واز حدقه درآمد و مثل دو گلوله آتشین تو صورت من پرید واز سوزششان ازخواب پریدم.

از این خواب هیچ خوشم نیامد. وقتی از خواب پریدم تنم از عرق خیس بود و از زندگی بیزار شده بودم.

من دلم نمیخواست که چشمان تو بصورت من بپرد . من میخواستم تو صورتم نگاه کنی و فوری مرا بشناسی . گمان میکنم همان سر تیر رفته بودی و مرا نشناختی . چقدر وحشتناك بود . دلم میخواست وحشت والتماس را توچشمانت ببینم . منتظر بودم همانطور که توکتابها خوانده بودم ، کف خون آلودی از گوشهٔ لبهایت بیرون زده باشد . اصلاً تو خواب قیافدات ظالم‌تر و بیرحم‌تر شده بود . ترس والتماس توش نبود . در عالم خواب مثل این بود که تو مرا کشته بودی، نه من ترا . مثل این بود که میخواستی مرا بخوری. ای کاش مرا شناخته بودی . همین امر باعث شده که باید زودتر کلك ترا بکنم . شاید اگر چهرهٔ پر التماسی از تو در خواب میدیدم میگفتم : « چکارش داری . آدم بدبختی‌است . چرا میائی جان‌خودت را برای او بخطر میاندازی . شاید تیرت خطا کند . آنوقت باید یك عمر بزندان بیفتی و او راست راست راه برود و بریشت بخندد و مثل شهدا ترحم مردم را بسوی خود جلب کند و جزء ذخائر ملی بشود و در نتیجه مردم را بیشتر بچاپد . »

اما بدبختانه این تصمیم من بشکل مرضی در آمده .

نمیدانم منتظر چه هستم . تا حالاسه نامه بتونوشتدام ودیگر چیزی ندارم بگویم . بعضی وقت ها فکر میکنم اگر نمی‌نوشتم خیلی بهتر بود. چونکه همین نامه ها زحمت مرا بیشتر میکند؛ باعث زحمت دیگران هم‌هست. خیلی بدکاری کردی که این‌چندتا کارمند بیچاره را که هیچ گناهی نداشتند بگیر پلیس انداختی . اینها کاری نکرده‌اند . راستش بخواهی‌من دیگرخیال نداشتم برایت نامه بنویسم و درحقیقت این‌نامه هم‌زیادی است ؛ اماچون دیدم این چند تا کارمند مفلوك را گیر پلیس انداخته‌ای برای آنکه تقصیر را از گردن آنها بردارم این نامه را نوشتم . چنانکه میبینی نامه‌ها را من مینوشتم. منهم که دارم سُرو مُروگنده برای خودم راست‌راست راه میروم .

خبرت دارم که تو خانه و تو اداره مأموران آگاهی دور ورت میچرخند . دیگر کمتر آفتابی میشوی و تمام دستگاهها برای پیدا کردن من بکار افتاده‌اند . هرچند این زحمتِ مرا زیاد کرده ولی‌جلوکارم رانمیگیرد. نقشه‌ام بقدری دقیق است که تقریباً نخورد ندارد . اما يك چیز برای من‌خیلی لذت بخش‌است . تو برای من حکم يك موش

را داری و من گربه‌ای هستم که ترا درچنگال دارم و بازی کردن با تو برایم ازتمام‌لذتهای دنیا بالاتر است . نمیخواهم تصور کنی که من‌لاف میزنم ومیخواهم بیخودی تودلت‌راخالی کنم . تو الان مثل موم تو چنگ منی . تا آنجا که همین حالا که این نامه را داری میخوانی، اگر من تصمیم داشته باشم میتوانم‌ترابزنم. اما صبرچقدرلذت بخش‌است.این‌برای تو نیست که در کشتنت این دست و آن دست میکنم؛ برای خاطر خودم است . برای لذتی است که از آن میبرم . من اگرترا امروز بکشم همه چیز برای تووبرای من تمام‌است. اما من نمیخواهم باین زودی همه چیز تمام بشود. اگر ترا بکشم فردا دیگر به چه امید زنده باشم .

باید این رابگویم که من مثل همزاد تو هستم. مرگ تو مرگ من است . مرا هم پس از تو خواهند گرفت . اما من پید همه چیز را به تن خود مالیده‌ام . اگر من بتوانم گروهی مردم فقیر وبیچاره را از دست تو خلاص کنم، یقین داشته باش روز قیامت جای من تو بهشت خواهد بود .

معلوم نیست شاید که من جانی بالفطره باشم . اما چرا تا کنون میل آدم کشی را در خود نیافته‌ام؟ چرا ببهمد

مردم؛ چرا به حیوانات، چرا به مورچه ها و عنکبوتها و مگس‌ها و سوسک‌ها و سگ‌ها و گربه ها ترحم دارم؟ اما باور کن که در این دنیا از هیچکس بقدر تو بدم‌نمی‌آید؟ تنفر وحشتناك است. روزی که ترا بکشم آنوقت می‌توانم یك نفس راحت بکشم. آرزوی کشتن تو نمیدانی چقدر برایم لذت بخش است. اما این آدمکشی را تـو خودت در من‌خلق کرده‌ای. ولابد توخودت هم اولین قربانی‌من هستی.

وقتی می‌شنوم که توباداره آمده‌ای و در اتاق خودت سر گرم کار هستی. مثل این است که بنـد دار بگـردنم انداخته اند و میکشند، تو خـودت نمیدانی چقدر تنفر - انگیزی. هنگامی که باما روبرو میشوی، باآن نگاه بیرحم و سوزان وتحقیر آمیزت، که مثل وکیل باشی‌های لگوری فوجهای سیلاخوری بصورت آدم می‌اندازی، می‌خواهی‌ما را بگردن کج کردن والتماس و گدائی‌مجبور بسازی.وکار کنان بیچاره عاجز، بخاطر احتیاجی کـه بتو و دستگاه لعنتی تو دارند و بخاطر کور و کچل‌های نان خوری که دور ورشان گرفته‌اند، ناچار باید اینهمه جور و ستم و تفرعن راااز تو تحمل کنند ونفسشان در نیاید.

آیا تا کنون بتو گفته‌اند که چشمان تو چپ است و وقتی که آدم را نگاه میکنی دو جور بآدم نگاه میکنی ؟ درست است . تو دو نگاه داری که هر دو تنفر انگیز و چندش‌آور است . یکی توچشم آدم نگاه میکند و یکی‌آن دور دورها ، وآنکه‌آن دور دورها نگاه میکند تو چشم‌آدم هم نگاه میکند و آنکه توچشم آدم نگـاه میکند آن دور دورها هم نگاه میکند . ای وای که چه وحشتناك است .

از خود خواهی توچه بگویم . آیا تو خیال میکنی این یکصد کیلو گوشت گندیده وجود توست که تمام سکنه این‌دنیا را بوجود آورده ؟آه که چه لذت بخش است نابود کردن تو . خودم نمیدانم چرا اینقدر از تو بدم‌میآید . یك کینه شتری وحشتناك ، یك کینه تنفر انگیز بتو دارم که فقط مرگ توست که مرهمی رو زخم دل من‌میگذارد ؛ ولو اینکه‌این مرهم مرا نابود بسازد .

چه فرخنده است آن روزی که قطار اتومبیل های تشییع‌جنازه تو ، ریسه دنبال نعشت راه بیفتند . و اگر آن روز من آزاد باشم و این صحنه زیبای سحرانگیز وفسونگر را تماشا کنم زندگی دوباره می‌یابم . دنبال جنازه‌ات و کیل

و وزیرها رؤسای کل و گردنه گیرهای دیگر راه میافتند. کارمندانِ تماشاچی هم هستند که یقین دارم ذره ای دلشان برای تو نخواهد سوخت و فقط برای اطمینان خاطر که ترا تا گورستان برسانند دنبالت راه میافتند.

حالا من برایت خواهم گفت که حمل جنازه چگونه خواهدبود. زنت. بارخت سوگواری و تور گردی سیاه و چهرهٔ بی بزك با چشمان باد کرده و تن خسته و لبهای کبود داغمه بسته، دنبال جنازه که رو دوش‌ها میرود افتان وخیزان براه میافتد. این حدس من است که تنش خسته ولبانش کبود وداغمه بسته‌است. بعضی‌ها را اینطور دیده‌ام. شاید اینطور نباشد و اوهم بشکرانه خلاصی و نجات ازدست چون‌تو عفریتی، دستی هم تو خودش ببرد و بزك دوزك ملایمی‌هم بکند. شاید بخواهد در این میان دلبری کند و شوهر آینده خودرا ــ اگر که تا کنون زیر چشم نکرده ــ دست و پا کند. من این ناجوانمردی خودم را بواسطه این فکر چرکی که از ذهنم میگذرد نمی‌توانم به بخشم. اما کینه و خشم آدم را کور میکند. بهرحال من برایش سخت متأسف خواهم بود. من اورا نمی‌شناسم. لابد کسی که در این سالیان دراز توانسته

باشد با چون تو جانوری زندگی کند باید خیلی بدبخت و قابل ترحم باشد . بهرحال او تمام کفاره هایش را دراین دنیا داده و مثل بچه نابالغ ، بیگناه از این دنیا میرود .

دوش بدوش زنت برادرانت و پسرانش که درزندگی چشم دیدن آنها را نداشته‌ای وساید شانرا باتیر میزدی، راه میروند . موجب تأسف و سر افکندگی و تأثر تو است که اجاقت کور است و بی زاد وزود از این‌دنیا میروی. اگربچه میداشتی اجاقت پس از مرگت روشن بود . چه عیبی داشت اگردوتا پسربیست، بیست وپنجساله میداشتی وتابوتت، بعوض غریبه‌ها، رو دوش آنها کشیده میشد ؟آنوقت مردم میگفتند: « به ! اجاقش روشن است . دونره شیرپس انداخته که فردا جایش را میگیرند . » اما افسوس که تو منفور طبیعت هم بوده ای و بی‌عقبه از دنیـا میروی و ارثت تمامـاً بزنت و برادران وقوم خویشهایت میرسد .

وزنت پس از مرگت خیال میکنی چکار میکند ؟ هیچ . مدتی رخت سیاه می‌پوشد . میدانی که زنهای جوان ، وحتی دو کاره ، رخت سیاه را خوش دارند . بهشان میآید . لابد عقلت میرسد که زن جوان سیاه پوش سوگوار خودش

خیلی تحریك آمیز است . آدم فوری خیال میکند زمانی دراز ازبغل خوابی محروم بوده وبرای هم آغوشی جان میدهد . و دیری نمیگذرد که یك گردن کلفت میآورد تو خانه تو و تو همان رختخواب تو بغلش می‌خوابد . نه تو بمیری ، تارك ـ الدنیا میشود ویك عمر تو دیر، با سر تراشیده زندگی‌میکند.

پشت سرزن وبرادرانت و بچه هاشان ، بزرگان ملك، کله کنده ها و گردنه گیرها راه میافتند . وسپس معـاون و کارمندانِ بدبخت بی‌دست وپایت قاتی‌خلق‌خدا وول‌میزنند. بعد دیگر قضیه تمام است . منزلگه بعدی مرده شور خانـه است . در آنجـا دیگر مرده شویـان وقعی بمقام اداری و شخصیت اجتماعی تو نمیگذارند . در شستن تو دو مسأله پیش میآید : اگر گلوله به مغزت خورده باشد و جمجمه‌ات را متلاشی کرده‌باشد ، آنوقت دیگر ترا نخواهند شست . تو حالت سرباز فداکار و مجاهدی را داری که تو میدان جنگ کشته شده و بی اینکـه بشویندت و هفت جایت را پنبه بتپانند، بخاکت می‌سپارند . فایدهٔ این مزیت آنست که تو شهید شده‌ای ، آنهم حین انجام وظیفه .

اما اگر گلوله بشکمت خورده‌باشد وفقط یك سوراخ

تیره سوخته تو گوشت تنت باشد ، آنوقت باطرز فجیعی ترا خواهند شست. چنان فجیع که ازمردن هم برایت شرم آورتر خواهد بود . مرده‌شوها بطرزی دلخراش وتوهین آمیز، تنت را روی تخته سنگ مرده شورخانه میکوبند و کیسه‌ات میکشند وهفت سوراخ‌تنت را انگشت‌میتپانند و پنبه آجینت میکنند و کافور میگذارند و سپس گور سیاه است و شب اول قبر و آن نکیر و منکر کذا وازین حرفها .

افسوس که من کافرم وبآن دنیا اعتقاد ندارم . اما خیلی دلم میخواست معتقد بودم . ایکاش ازپس امروزفردائی باشد . اگرحساب و کتابی توکارباشد، در آن‌دنیا هم عذاب و شکنجه ابدی در انتظارت خواهد بود . زیرا که از مردم بد این جهانی .کاش خبری باشد . اما هیچکس نمیداند . »

نامه تمام شد . مانند نامه های پیشین بی امضاء و با همان دست خط و روی همان کاغذ های خط دار و براق درم بستخانه بود . دل رئیس بدنده‌هایش میکوبید و رو پرده‌های گوشش صدای طبل در میآورد . زبانش به سق چسبیده بود. راه گلوش‌هم‌آمده بود . و حبابهای نفس، گلوله گلوله مانند، سنگ ریزه از آن در و تو می‌شد . چیزهای رو میز کارش

از پشت نذره بین زمخت وپر موج اشك کج و کوله می‌شد . دوز ورش خاموش بود . پرده‌های اتاق تماماً افتاده بود وتنها چراغ رومیزی جلوش نور مرده سرخی تو اتاق ول داده بود. فضای اتاق زیر نور خاکستری خفدای که از نور پشت پرده‌ها وچراغ رو میزی درآن خلیده بود ، درحالت سکرات بود. تمام تنش یخ کرده بود. بالاتنداش توصندلیش چروك خورده بود و گردنش تو سینه اش پرچ شده بود .

یك غربت وبیگانگی گدازنده درونش‌را مشتعل‌ساخته بود . تنهای تنها بود . هیچ پشتیبانی برای خود نمیشناخت. نمیدانست درد درونش را بکه بگوید . زنش میدانست . معاونش میدانست . نامداول راکه بمعاونش نشان داده بود ، هردو بشوخی گرفته بودند و خنده مفصلی کرده بودند و بشوخی‌رد شده‌بود. اما بعد که دنباله پیدا کرده‌بود، همه‌چیز برایش جدی شده بود وخواب و خوراك را ازش گرفته بود . راست بود ، تنهای تنها بود .

دستمالی از جیب درآورد و اشکهایش را پاك کرد . همه چیز درست بود . هیچ مهربانی سرش نمیشد . با زیر- دستانش با تحقیر رفتارمیکرد . یك لبخند بروی‌کارمندانش

نمیزد . یك احوالپرسی کوچك از آنها نمیکرد . هر بدی که از دستش میآمد کوتاهی نمیکرد . خوشش میآمد زیردستانش را بچزاند . بیش از همه کس خودش می‌دانست که چقدر منفوراست . ولی بازازحرکاتش دست‌بر نمیداشت. توحافظه‌اش جستجو کرد بلکه یك دوست صمیمی‌پیدا کند و درد دلش را باو بگوید ولی کسی را نیافت .

دست یخ کرده‌اش گوشی تلفن را چسبید و انگشتش تو سوراخهای شکم تلفن دنبال‌شماره دوید . شماره اشتباهی درآمد . گوشی را گذاشت ودفتر تلفن که رو میزش بود ورق زد و آنرا جلو خود باز گذاشت و یك جا سنجاقی گذاشت روش که لایش هم نیاید . دوباره نمره‌را گرفت؛ ولی هنوز تمام شماره را نگرفته بود که جا سنجاقی از رو دفتر پریدو دفتر تلفن هم آمد و دل او ریخت تو و گوشی را گذاشت و سرش را میان دو دستش گرفت وبه شیشه رو میزخیره ماند. اما باز بزودی دفتر تلفن را برداشت و شماره را رو کاغذی یادداشت کرد و دفتر را پرت کرد رو میزوبه گرفتن شماره پرداخت. چشمانش مانند موش توتله‌گیرافتاده جلوش‌دو دو میزد و میخواست از کاسه بیرون بپرد .

«آلو . . . آلو . . . قربون حضرت . چه عجب تلفنت مشغول نیس .... ای . هسّیم دیگه ... نه . نه . خبر تازه که بازم یه نامه دیگه . (با انگشتان دست چپش تکمه بالای یقهٔ پیراهنش را بازمیکند و گره کراواتش را شل میکند.) تواین یکی بخیال خودش شرح و تفصیل تشییع جنازه رو هم گفته . . . میخندی ؛ (به تلخی لبخند میزند) ! واقعاً خنده هم داره . . . من نمیدونم . . . هیچ فایده نداره. نوشته تموم اونایم که گرفتن بیخودی بوده‌ولشون کنین. همشون بیگناهن. راستم میگه. باعث رسوائیه . میترسم تو اداره چوبیفته وهمه بدونن که من گرفتار چه بلائی شدم . . . نه . نامه مفصله . نمیشه پشت تلفن خوند. توامشب میای پیش‌من شام ؟ شب‌میدم بخون . . . چی؟ عروسی ؟ توخونیه من عزاس ، تو میخوای بری عروسی ؛ واقعاً که ... خیلی خب . یه تك پا بروا‌ونجا بعدش بیا پیش من . نمیدونی چه حالی دارم . کمونم‌هرچی زود تر باید . . . خب حالا تو تلفون نمیشه . تا امشب . قربون تو . » گوشی‌را گذاشت . دیگر نمیدانست چکار کند .

ترس کشنده‌ای بدرونش چنگ انداخته بود . اگر همین حالا در اتاق باز میشد و مردك با ششلول میآمد تو و

میزدش چه میشد؟ مگر نه خودش نوشته بود که دست از جان شسته وهر آن ممکن است کارش را بکند؟ جرأت نمیکرد بدرِ اتاق نگاه کند. این چه زندگی بود؟ شب تا صبح تو جاش غلت میزد و کوچکترین صدائی که دور ور خودش میشنید مرگ جلوش مجسم میشد. از خوراك وا شده بود. بخانداش که میرفت، تا روز بعد که باز با آن ترس و دلهره باداره برمیگشت در آنجا زندانی بود. از نوکرهاش می‌ـ ترسید. از تمام کارمندانش میترسید. از معاون خودش هم میترسید و پشیمان بود که چرا روز اول اورا از مضمون نامه‌ها آگاه ساخته بود. نکند خود معاون باشد. «ای پدرسوخته نمك نشناس.» حوصله هیچ کاری را نداشت این اواخر تمام کارهای اداریش تا آخر وقت رومیزش میماند تا اینکه آخر سر میبردند میدادند بمعاونش. ناخوش بود. فلج شده بود؛ و توان هیچکاری را نداشت.

درِ اتاق آهسته باز شد و فضای راهرو با فضای اتاق دست بدست‌هم داد. دلش ایستاد وهرچه خون تو تنش‌بود، تو سرش هجوم آورد و پشت حدقه‌های چشمش کوبیدن گرفت و نور روز و چراغ مُرد و اتاق واژگون شد.

آناً خواست فریاد بزند و کمك بخواهد. اما صدا تو گلوش مرده بود . به تشنج افتاد . تمام تنش به لرز افتاد . تنش یخ کرده بود و عرق سردی لای انگشتانش تراویده بود . تمام رگهایش کشیده شده بود . دلش آشوب افتاده بود و زبانش لای دندانهای کلید شده‌اش گیر کرده بود . یك چیز میان اتاق موج میخورد . آدم بود اما محو بود ، ذوب بود. موجودی بود که پاورچین پاورچین بطرف میز راه افتاده بود .

سینی چای و پیشخدمت که درون اتاق سُر خورده بود فقط شبحی را نمایان میساخت که میان اتاق موج می - خورد و شناختن آن برایش میسر نبود . با دستهایش فشاری به دسته های صندلی آورد که از جایش پا شود، ولی بصندلی بسته شده‌بود . شبح ، سینی چای دستش نبود ، ششلول دستش بود . دوباره خواست فریاد بزند ، اما گلویش از هم باز نمیشد و مانند آدمهائی که تو خواب بختك روشان افتاده باشد هیچ کاری از دستش ساخته نبود .

پیشخدمت سمت چپ او ایستاده بود و سینی چای را پیشش گرفته بود . پیشخدمت ، کف دست چپش با انگشتان باز ، زیر سینی چای پهن شده بود و دست راستش بغلش

افتاده بود . بخار چای دارجلینگ که از استکان پاشده بود تو دماغ رئیس خورده بود . رئیس هنوز از دست راست پیشخدمت که بغلش آویزان بود و او آنرا نمیدید ، بیم داشت . چه دلیلی وجود داشت که تو همان دست راستش که به بغلش چسبیده بود و آنرا نشان نمیداد یك ششلول نباشد . « حتماً خود این پدر سوختس . »

کمی خود را عقب کشید و بچشمان پیشخدمت خیره شد . سپس با صدای بم و خفه‌ای گفت : « بـرو چائی را بذار رومیز آنجائی. » پیشخدمت آهسته وا پس کشید . پشتش را برئیس کرد و رفت چای و قندان را گذاشت رو میز گرد ، گردوئی که میان سه چهار صندلی چرمی و یك دیوان گوشه اتاق خلوت کرده بودند . اما تو دست راستش هیچ نبود . فقط انگشت سبابه‌اش که زخم بود پارچه پیچ کرده بود « حتماً ششلولو توجیبش قایم کرده . »

از رو صندلی بلند شد و مانند آدم کوکی با قدمهای بریده کوتاه و چنانکه به قفس ببری نزدیك شود ، بسوی پیشخدمت رفت . پیشخدمت راست و بی‌حرکت میان اتاق ایستاده بود . ناگهان با یك حمله خودش را رو پیشخدمت

انداخت و تند تند به تفتیش جیب‌هایش پرداخت . سینی میان اتاق پرت شد .

هاج و واج و سخت ترسیده ، پیشخدمت ، نمیدانست چکار کند . رئیس آهسته و زیر لب گفت : « تو جیبات چی داری ؟ » پیشخدمت هولکی و وحشت زده دستمال مچاله چرکی با یك قوطی اشنو و کبریت و چند تا سکه برنجی و یك چوب سیگار ، که تا نیمه‌اش را دود سوزانده بود ، از توجیبش بیرون آورد و گفت : «هیچی آقا ، همینا .»

نزدیك صبح بود وهنوز خواب به چشمانش نرفته‌بود. روتختخواب پهن دونفرهِ خوش تشك وبالشی، پهلو زنش دراز کشیده‌بود. شباهنگ ده‌جورصداش‌عوض شده‌بود واوهمچنان بناله خسته او ونعره قورباغه های باغ و عوعو سگهای دور و نزدیك گوش میداد . کوچکترین صدائی کـه از بیرون می‌شنید دلش تو میریخت وپا میشد توجاش مینشست . زنش، ازوقتی که تو رختخواب رفته‌بودند ، تامدتی بیدار بودوباش حرف میزد و دلداریش‌میداد . اما بعد خوابش برد . اونامه آخری‌را بزنش نشان نداده بود . اما زن میدانست که باید باز نامه‌ای رسیده باشد؛ برای اینکه سرشب شوهرش را از

همیشه وحشتزده تر و بیمارتر دیده بود. وقتی تو رختخواب رفته بودند ناگهان از زنش پرسیده بود:

«اگه من مردم تو چکار میکنی؟» و زن جواب داده بود: «خدا اونروزو نیاره. اینشاالله من خودم پیش‌مرگت بشم.» بعد چشمان زن نم نشسته بود و مرد خاموش توسایه روشن سقف اتاق خیره مانده بود. بعد گفته بود: «من فردا اداره نمیرم.» و زن گفته بود: «مرده شور هر چی ادارس ببرن. بیا گذرنامه بگیر بریم خارج. ما که بچه نداریم که غصه آیندشو بخوریم. هرچی داریم میفروشیم و میریم اروپا با خیال راحت زندگی میکنیم.» و مرد گفته بود: «تا ما بخوایم دس و پامون رو جمع کنیم مردك کارشو میکنه. اواز همه چیز ما خبر داره. چطور میذاره در بریم؟ این تا منو نکشه دس وردار نیس.»

وحالا صدای ناخوش مرغ حق تو گوشش را میسائید و یك دلهره ناگسستنی بدرونش چنگ انداخته بود وفکر میکرد: «این حتماً یکی از اعضای اداره خودمه. خودش آشکارا نوشته. اما کی؟ همشونو گزیدم. یکنفرشون با من خوب نیس. این اخلاق سگ خودمه که اینهمه دشمن دوروزم میچرخند.

آیا کسی هس که از من نیش نخورده باشه ؟ رئیس اداره انبارها نیس؟ نه، او نودو سال پیش بود که توبیخش کردم . یعنی تاحالا کینشو تو دل نگهداشته؟ نه ، اونم دیگه نمیشه باین آسونیبا دس پلیس دادش . دختر شو داده به پسر اون پدر سوخته جلاد . مگه دیگه حالا میشه بش گفت بالای چشمات ابروه؟ من یه همچوآدم دل وجیگر داری تو ادارم ندارم که اینکاره باشه . نمیدونم. ازاین آدمیزاد هرچیبگی برمیاد . خطش هم مثه خط هیچکه نیس . پاشم دس زنم بگیرم برم‌اروپا ؟ کارم چه میشه؟ مردشورکارو ببرن، جونمو که در میبرم . اماتا بیام بجنبم یارو میفهمه و زودترکارشو میکنه . مرده شور این زندگی‌رو ببرن . »

پا شد نشست و تو نور خاکستری و نه خاکستری گرگ ومیش ، بچهره آرام خواب ربوده زنش خیره شد . چهره اورا خوب میدید که مژه های کیپ سیاهش ، بالای گونه هایش خوابیده بود . و حبابهای نفس گرم از لای لبانش بیرون میزد . « شاید تا من مردم این بردشوور بکنه ویکی دیگه رو جای من بیاره ؟ بعیدم نیس . چقده مردم نمك نشناسن . دل میگه همینجوری که خوابیده خفش کنم که

دیگه بعد از مرگ من این رسوائی روبار نیاره · اما اگه شوور کنه حقشه داره . ازمن که بچه‌دار نشده . ازخودمنه. »

آهسته لحاف را ازروپاهای خود پس‌زد وازتختخواب پائین آمد . تو پیژامه سفید راه راهش ، قدش بلند تر شده بود . سرش رو تنش سنگینی میکرد و چشمانش از زور بی‌خوابی از هم وانمیشد . آمد کنار پنجره و ازپشت پرده نازك تور توحیاط سرك کشید . همان پیرِ کاج کنده‌ِ گردآلود ، مثل درختهای سرقبرستان جلو پنجره ایستاده بود و تو اتاق سرك می‌کشید. « چقده‌خوب میشد از این‌کاج بالا رفت وبآسونی ازپنجره اومد تو اتاق. تا حالا فکر اینو دیگه نکرده‌بودم. فردا بگم بیندازنش . » سپس به شبح تیره بید مجنون و استخرِ خفه سنگین وصف بیم فشرده شمشادها نگاه کرد . از همه آنها بدش آمد . از باغ وحشت داشت .

تندی راه افتاد آمد میان اتاق . آنجا باز ایستاد و بصورت زنش نگاه کرد و بعد رفت و شتابان کلید چراغ تو سقف را زد . نسج‌های فلزی نور تو اتاق دوید وچشمان زن آزرده شد و ِچفت مژگانش از هم وا شد . آنگاه مرد دوباره چراغ را خاموش کرد و آمد پیش زن و رو سر او

خم شد و گفت . « خیلی بد کاری کردم که چراغو روشن کردم. هیچ نفهمیدم که دارم چکار میکنم . شاید توباغ داره کشیك میکشد .»

- « کی داره توباغ کشیك میکشد ؟ » زن هنوز خواب بود ولبهایش این حرف را زد و خودش نفهمید چه گفت .

- «همون مردك . همون خودش .» صدای مردمیلرزید وزن هوشش بجا آمد وپاشد توجاش نشست .

- « توهیچ نخوابیدی ؟ »

- « نه . »

- « توداری خودتو تموم میکنی . یه چرت بخواب.»

- « مگه خواب مرگ دیگه .»

- « میخوای پا شم کاری برات بکنم ؟»

- « آره . پاشو برو شوفرو بیدارش کن میخوام برم اداره خرابشده . »

- « اداره حالا ؟ مگه ساعت چنده ؟ »

- « نمیدونم . »

- « هنوز که ستاره توآسموند .»

ـ« باشه ، میخوام برم . نمیخوام روز روشن برم که همه ببیننم . »

ـ« توروخدا اینقده خودتوزجر نده. چیزی نیس .»

ـ« تو که از دل من خبر نداری . حتماً میخوای من بمیرم راحت بشی . »

وزن زیر گریه زد وصدای هق‌هق گریه اش خاموشی کارتنک گرفتهِ شب را خراشید و مرد لبهایش را گزید .

همان روزها استعفایش را نوشت ودرخواست گذرنامه کرد و رفت خانه اش نشست .

یکی دو روز در خانه بود که ازش خواستند برود اداره و کارش را تحویل رئیس تازه بدهد . تمارض کرد . و طفره زد . امایك روز ناگهان اتومبیلش را خواست و اتومبیل سیاه گنده کادیلاکش را آوردند لب پلد عمارت و اوسوارشد . یك مأمور هم بغل‌دست راننده سوار شد وماشین از باغ بیرون آمد . گوئی او را پای دار میبردند .

رئیس روصندلی عقب قوز کرده بود وفقط تك کلاهش از پشت شیشه دیده می‌شد . یکی دوبار بـراننده گفت« تند برو . تند برو.» چشمانش پشت گردن راننده و مـأموری

که بغل دست اونشسته بود دو دو میزد . دلش نمی خواست بیرون نگاه کند . از بس آن راه را رفته و آمده بود ، بی آنکه بیرون نگاه کند خیابانها را حس میکرد و هردم میدانست کجای راه است . این فکرها تو سرش وول میزد :

« وختی اتومبیل بااین سرعت میره گمون نکنم بتونه غلطی بکنند . اشکال سر پیاده شدنه . از همه‌جا بد تر دم در اداره وتو راهروهاس . یا تو خود اتاق . منکه دیگه جائی نمیرم . این دفه آخره که پام تو این‌خراب شده میذارم . پا میشم ازاین جهنم دره میرم خلاص میشم . گمون نکنم جرأت کنه بیاد توخونه . کاشکی از اولش یه سگ تو خونه نگهداشته بودم . باید دارو ندارمو بخارج انتقال بدم . دس تنها ازعهده بر نمیام . هیچکه قابل‌اعتماد نیس . این معلومه که یه دشمن اداریه. اداره که نرفتم شایدآبا ازآسیاب بیفته ومنصرف بشه . من دارم تموم میشم . این که زندگی نشد . هرچی ملك دارم پول نقد می کنم . تموم زندگیم بپول‌قلنبه تبدیل می کنم . با پولام سهم خارجی میخرم . یه خونه هم جنوب‌فرانسه میخرم . اینقده پول دارم که بتونم از منافعش چارصباحی زندگی کنم . مردشور ببرن این مملکتو.همچی

برم وبریشتون بخندم که خودتون حظ کنین . برم سرزمینی که ترس توش نباشد . مردشور سلام و تعظیمتونم ببره . اینجا دیگه جای من نیس . نمیخوام سلامم کنین . ازهمتون بدم میاد . هیچوخت ازتون خوشم نیومده بود . تا تونستم تحقیرتون کردم . همتون پیشم مثه کرم بودین ، مثه کرم توگه. اگه قدرت داشتم همتونو با دس خودم خفه میکردم.»

کادیلاك دم در اداره ترمز کرد و راننده فوری پرید پائین و در را برای اربابش باز کرد . مأمورهم دوید آمد بغل دست راننده ایستاد. نیم‌ساعتی بود که وقت اداری شروع شده بود وبرخلاف همیشه که در ساعات اداری کارمندی تو کوچه دیده نمیشد ، رئیس چند نفر را دید که تازه دارند میایند سر کار . معلوم بود اداره بواسطه تغییر رئیس تق ولق است. نگهبان دم درهم شل وول ایستاده بود. یك چغاله بادام فروش هم آنطرف پیاده رو صدایش را سرش انداخته بود و چغالغد میفروخت. رئیس ازدیدن آنها ، خون بسرش هجوم آمد وخواست نعره بکشد، اما یادش آمد که دیگررئیس نیست .

اینطرف و آنطرف خود را نگاه کرد و با شتاب از اتومبیل بیرون پرید . اما هنوز گامی برنداشته بود که

ناگهان پسر بچه ده دوازده ساله ولگردی دوان و نفس زنان جلوش سبز شد. یك پاسبان باتوم بدست هم دنبال پسرك میدوید و میخواست او را بگیرد. پسرك در آن گیر و دار ترقه‌ای که تو مشتش بود قایم بزمین کوبید.

صدای هولناك ترقه خیابان خلوت بامدادی را بلرزه در آورد. رئیس همچنانکه نیمه تنش تو در اداره و نیمی دیگرش تو خیابان بود بی‌حرکت ماند. صدا ازپشت سرش برخاسته بود. حالتی داشت که گوئی دررفتن تو اداره و یا برگشتن تردید دارد. اما ناگهان دور خودش چرخی زد و گرمبی رو زمین نقش بست.

شلوغ شد. نگهبان دم در دوید جلو. چند نفر دیگر هم از تو اداره آمدند بیرون وهیکل رئیس را که ازسرش خون بیرون زده بود بغل زدند و بردند تو اداره و تواتاق رئیس کارگزینی که دم در بود، رو دیوانی خواباندنش. پسرك دررفت وپاسبان همانجا ایستاد ببیند چه خبراست.

سپس دکتر آمد و معاینه کرد و گفت باید فوری به بیمارستان برده شود و به بیمارستان برده شد و اداره تو‌ق شد ویکی گفت مرده، یکی گفت زنده‌است. رؤسای ادارات

تواتاقهای هم جمع شدند ودرباره مرگ وزندگی رئیس اظهار عقیده میکردند . اما هیچکس علت زمین خوردن ناگهانی رئیس را نمیدانست هر کس چیزی میگفت .

ــ « فشارخون داشت سکته کرد . »

ــ « مرض قند داشت . پیشخدمتش میگفت هیچوقت قند توچائیش نمیریخت . »

ــ « تصادف کرد . »

ــ « ازصدای ترقه زهره ترك شد . »

اما تا به بیمارستان رسید، تنش کم کم یخ کرده بود و آنجا دکتر گفت جادرجا مرده .

تشریفات کفن ودفن تمام شده بود . صدای زاری و زنجموره چندتا زن از تو صحن بلند بود . قاری بد آوازی آیه های قرآن را سکسکه میکرد .

گور نمناك با خاك های پف آلود تازه جابجا شده ، زیرا انبوه گل و گیاه دفن شده بود . دور گور شلوق بود . گردا گرد آن دایره‌ای از رؤسای ادارات و دوستان دور و نزدیك مرده حلقه زده بود . همه خاموش و مؤدب ایستاده بودند ولبهایشان میجنبید وبا چشمان زیر افتاده بگورخیره

شده بودند. مشایعین داشتند پا بپا میشدند که متفرق بشوند. تشریفات کفن و دفن، با آنهمه ناله و زاری و نزدیکی بـه قبرستان و مرده شورخانه دل‌همه را بهم زده بود. باران‌ریز نکبت باری هم تازه سرش واشده بود. هریك از مشایعین‌تو جمعیت چشم چشم میکرد تا شاید رفیق راهی برای‌برگشت بشهر برای خودش بیابد.

در این هنگام مرد کوچك اندام کوسه‌ای که یك پایش لمس بود و آنرا لخ‌لخ رو زمین میکشید و دسته گل پژمرده‌ای، که گوئی‌آنرا از تو آشخال های دم دکان گل فروشی‌جمع کرده بود، تودستش بود از در ابن بابویه‌آمد تو. رختی ژنده به تنش بود و کلاهی که از فرط اندراس لبه‌اش دالبرشده بود تا روی گوشهایش پائین کشیده بود. موجی از رعشه تو چهره‌اش زلزله انداخته بود. گوئی زیر پوست‌چهره‌اش جانورهای ریز عذابش میدادند. دایم پوست چهره اش در رقص بود. ته ریش کوسه سه چهار روز نتراشیده‌ای بچهره داشت. غمگین مینمود. هرچند لازم‌نبود غم بخصوصی در چهره اش کرایـه نشینی کند، زیرا او بخودی خود غم ازترکیبش می‌بارید.

پشت حلقه ای که گور را در بر گرفته بود موجی برخاست . مردك لغوه‌ای میکوشید خودش را بحلقه‌ای که ازرؤسای ادارات بدور گور کشیده بود برساند . از بغل‌دست رئیس کل حسابداری بسوی گور سر کشید . خواست راهی بدرون بیابد ، اما ازهیبت رئیس کل حسابداری که خودش را قایم به صندوقدار کل چسبانیده بود جاخورد وپس رفت. سپس دوری زد و باریك شد واز شکاف تنگی که پهلورئیس کل کار گزینی باز مانده بود ، بدرون حلقه خزید و خودرا غمگین و نکبت گرفته با پای چلاقش ، لخ‌لخ رو گلبرگ‌ـ های زنده و شادابی که دور ور گور پراکنده بود کشانید و بالای گور ایستاد . رئیس حسابداری که اورا دید آهسته بگوش صندوقدار کل گفت : «این ضبّاط لعنتی دیگه چه اجباری داشت که مثل خر لنگ خودشو با پای چلاقش از شهر تا اینجا بکشونه ؟ ببین مثل مرده خورها میمونه . خیال میکنه یارو تا دید این اینجاس ، از گور پامیشه فوری یه تقدیر نومه وحکم اضافه حقوق میذاره کف دسّش .»

بالای گور که رسید ، مردك چلاق، خم شد ودسته گلی را که همراه داشت گذاشت رو گور و سپس همانجا چندك

نشست و آهی دردناک کشید و تکان زلزله تو چهره‌اش دوید و چشم و ابرو و بینی و چال و چوله‌های چهره‌اش دنبال هم کردند . سپس چشم بگور دوخت و انگشت سبابه دست راستش را تو خاک نمناک گور فرو کرد و آهسته زیر لب زمزمه کرد :

« دمی آب خوردن پس‌از بدسگال ،
به از عمر هفتاد هشتاد سال . »

وائٹ چپیز خاکستری

شعله بخاری نفتی در آغوش نرم دود نوک تیز لوله شیشه‌ای زنگار گرفته‌اش بالا میزد. رو دیوار نیلی اتاق چندتا عکس بچه شیری وجوجه اردک وخرگوش که همه‌شان دندان درد داشتند و زیر چانه هایشان دستمال بسته بود آویزان بود.

پسرک پیش مادرش ایستاده بود و کیف و کتابش را به پای خود میکوبید و رو پاهاش جا بجا میشد. مادرش که نشسته بود از پسرک بلندتر بود. خاموش رو صندلی نشسته بود و به سر و رو بچه ور میرفت. موهای رو پیشانیش را

صاف میکرد. یقداش را درست می کرد و لك‌های رولباسش را باناخن میخراشید. زن چاق بود و نمیتوانست پاهایش را روی هم بیندازد. ساقهایش مانند دو تنبوشه‌سیمانی شماره ده رو کف اتاق جلوش ستون بود.

پسرك دستش را تو دماغش کرد و گفت:

« ماما کی میریم؟»

ــ « میریم. دستت تو دماغت نکن.»

ــ « ماما، بازم دندوناتو میکشن؟»

پشت زن لرزید وصدای گوشتریز مته دندانسازی بیخ دلش حس کرد.

پسرك باز پرسید:

ــ « ماما، خیلی دردت میاد؟»

ــ « نه، دوا میزنن.»

ــ « ماما. یه خودکار قرمز برام میخری؟ میخوام عکسای کتابمو باش رنگ کنم. یکیم سبز بخر. خُب؟ »

مرد دیگری هم رو یك صندلی نشسته بود مجله ورق میزد. یکسوی لُپ مرد باد کرده بود و تو دهنش زُق زُق میکرد و تفش لزج و سنگین شده بود. دلش میخواست زن

و پسرک آنجا نبودند و میتوانست با خیال راحت رو زمین تف کند.

از تو اتاق دیگر صدای حرف و خنده دو مرد که از لای دندان غرچه چرخ سنباده میآمد، تو گوش میخورد. یک پرده کُر کُر جگری، میان دراین اتاق گل‌آویز بود. ناگهان صدای چرخ سنباده برید و یکی‌از آنها گفت:

«اگه‌بدبینیش‌ازخوشگلیش‌نفست پس‌میره.عاشق‌منه.»

باز صدای چرخ سنباده تو اتاق چرخید و بیخ گلوی مرد مجلد بدست درد گلوله شد وآب دهنش جست گلوش و بسرفه افتاد و پف نم تف تو اتاق ول شد.

زن پیچی تودلش حس کرد و دست از سر بچه برداشت وگذاشت روصورت خود و دندانهاش را بهم فشرد وصورتش را رو کف دستش خم کرد و زبانش تو حفره دهنش کاویدن گرفت. باز چرخ سنباده برید و خاموشی فرا رسید. یک تک خنده از تو اتاق دیگر راه افتاد و دنبالش شنیده شد:

« یه دس کت و شلوار پیش‌خیاط‌دارم.» وباز چرخ سنباده راه افتاد.

مرد مجلد را پرت کرد رومیز ودستش پیش‌دهنش برد؛

روصندلیش وول خورد و باخودش گفت :

« دارن یه چیز خاکستری میسابن » و باز از خود پرسید « خاکستری چرا ؟ » و سپس بخودش جواب داد :

« زهر مار وچرا . مردشور آن ریختتو ببرن . »

چرخ ایستاد و خنده دنبال آن ول شد و شنیده شد :

«خیلی عجیبه وختی که من بچه‌بودم‌مادرم بزرگ بود و حالا که من بزرگ شدم مادرم کوچك شده . »

و باز چرخ چرخید ،

و بوی دندان سوخته و مزه گس لثه کباب شده تو سر وکله مرد مجله بدست راهی شد .

پاچه خیزک

بازارچه دهکده آب وجارو شده بود وهوای خنکی زیر چنار تناوری که بالای سر آب انبار چتر زده بود موج میزد . شتك های گل آبِ نمناك روی قلوه سنگهای میدان کوچكِ زیر چنار نشسته بود . دکانهای کوتوله قوزی دور میدان چیده شده بود .

گُله بُگله کنار جوی تنبل وناخوش دور میدان، برزگران وکارگران نشسته بودند ونان پیچه هاشان جلوشان باز بود و ناهار می‌خوردند و قهوه چی برو برو کارش بود و نسیم ولرم خرداد خواب را تو رگها میدواند .

ناگهان مش حیدر بقال از تو دکان خود فریادی کشید و با تله موش نکره‌ای که با دو دست، دور از خودش گرفته بود از تو دکانش بیرون پرید وآن را گذاشت جلو دکان. از شادی رو پاش بند نمیشد ودستهایش بهم می‌مالید و دور ور تله وَرجه وُرجه میکرد.

از نعره مش حیدر جنب وجوشی در مردم افتاد و دکاندارها کار وبارشانرا ول کردند و بسوی تله موش هجوم آوردند. مش حیدر نیشش باز بود و شادی توچهره‌اش موج میخورد. نانوا ونعل بند و پالان دوز ومسگر وعطار وعلاف با آستین‌های بالازده و یقه های چاك و چشمان وردریده از دیدن تله مست شادی بودند.

«ببین آخرش گیر افتاد. شکمش آخر جونشو بدباد داد. خدا پدر سلطونلی رو بیامرزه که گفت گردو بو داده بذار تو تلش. یدبار جسّی ملخد، دوبار جسّی ملخد، آخر بد چنگی ملخد. اما بد بینا قدیه گربس. نیس؟»

هیچکس نمیتوانست موش را ازبالا ببیند. تله زمخت بود. پنج طرفش با تخته پوشیده بود. فقط جلوش میلدهای باریك سیمی داشت، مثل میله های در زندان که این

دیگر کشوی بود و به بالاوپائین می‌رفت. یك سو اخ کوچك بداندازه یکشاهی سفیدرو تله بود که ازآن توهم میشد داخل تله را تماشا کرد . و هیچکس نمیدید که « قد یه گربس .»

مش‌حیدر با احتیاط ، مثل اینکه بخواهد صندوقچه دخل دکان خودش را نوازش کند ، تله‌را دو دستی از رو زمین بلند کرد . اول ازتو سوراخ‌آن سرك کشید . هی سر خودش را جلو و عقب برد تا خوب توتله را تماشا کند . بعد تله را گرفت روبروی صورتش واز پشت میله‌ها به موش خیره شد .

موش چرب وچیلی گنده چرك مرده‌ای پوزه‌اش را به دیوار تله میکوبید ونفس‌نفس میزد وسبیل هایش له‌له میزد. تکه گردوی دوده زده نیمه خورده‌ای هم کف تله افتاده بود. موش پس از آنکه گیر افتاده بود دیگر اشتهایش کور شده بود و بآن دهن نزده بود .

مش حیدر سرش را باشادی از تلـه برداشت و چنان که گوئی خوراك خوشمزه‌ای خورده بود سرش را با لـذت تکان تکان داد و بعد تله را دو دستی، مثل‌کاسه حلیم به کلام‌مال پهلودستی خود تعارف کرد و گفت :

«مش عباس ترا بخدا ببین به قد یه بره تغلیه ! نیس؟

واسه لای پلو خوبه! نیس ؟»

کلاه مال ذوق زده تله را گرفت ودستهایش خرسکی بود و کف صابون وپشم بشان چسبیده بود و چشمانش را تو تلهِ تاریك دراند . موش وحشت زده و سر گردان، تو تله میلولید و رو دو تا پاش وامی ایستاد وخودش را به دیوار تله میکوبید و میلههای باریك فولادیآ نرا گاز میگرفت . تله بو گند میداد . بو نمد خیس خورده کپك زده میداد .

تله دست به دست گشت. مسگر باحرص آنرا ازدست کلاه مال قاپید و پالان دوز آنرا از مسگر و نعلبند آنرا از پالان دوز گرفت . یك ژاندارم ، صف جمعیت را شکافت وآمد تله را ازدست عطار که تازه آنرا از پالان دوز گرفته بود و هنوز خوب آنرا تماشا نکرده بود قاپ زد و تــوش ماهرخ رفت .

مش حیدر هولکی ، مثل اینکه دید مالش را دارند تاراج میکنند ، تله را از دست ژاندارم قاپید و گفت :

«محض رضای خدا بدش من ، ولش میکنی میره سر جای اولش . سه ماهه جون کندیم تا گیرش آوردیم .»

ژاندارم برزخ شد و گفت :

« مگه می‌خوام بخورمش . تو هم بابا ننپیشت اسمش منیژه خانومه . » مش حیدر هیچ نگفت و باز گرم تماشای موش تو تله شد.

دوباره تله میان جمعیت روزمین گذاشته شد . غلام پست و یك چاروادار و چند تا کشاورزهم به‌جمعیت اضافه شدند . یك نفتکش گنده هم از راه رسید و یك راست رفت بغل پمپ بنزین ایستاد ولولداش را وصل کرد به‌انبار ومثل بچه‌ای که پستان دایه را بدهن بگیرد به‌آن چسبید .

مش حیدر چشم از تله برنمی‌داشت . ریش حنائی رنگ و روفتهٔ چرکی داشت. چشمانش کجکی ، مثل‌چشم مغولها بالای گونه های برجسته‌اش فرو رفته بود . طاقت نیاورد که تله بیکار رو زمین بماند؛ بازآنرا برداشت واز پشت میله‌های زنگ زده‌اش موش‌را تماشا کرد وبعد با لذت گفت:

«حالا باید این ولدالزّنارو یجوری سر بدنیسّش کنیم که تخم و ترکش از زمین بره . این پدر منو در آورده . منو از هسّی ساقط کرده . یه خیك پنیرمو به تمومی نفله کرده و هرچه صابون داشتم جویده و خاك کرده . » بعد رویش را به نعلبند کرد و گفت : « حالا تو میگی چیکارش

کنیم که باعث عبرت موشای دیگه هم بشه ؟ »

نعلبند که طرف شور قرار گرفت خیلی باد کرد و خودش را گرفت و لب و لوچه اش را جمع و جور کرد و گفت: «کاری نداره. یه ذره در تله رو بلند میکنیم؛ دمبش که از تله بیرون اومد در تله رو میندازیم پائین . بعد دمبش رو غرس میگیریم از تله میاریمش بیرون دور سرمون می‌چرخونیم بعدچنون میزنیمش زمین که هفت‌جدش پیش‌چشمش بیاد.» بعد ازاین اختراع، ازخودش خوشش آمد ونیشش باز شد و به جمعیت نگاه کرد تا ببیند آنها چه میگویند .

پالان دوز از نظر نعلبند خوشش نیامد و حکیمانه گفت :

« نه . نه ، اینطور خوب نیس . این موش معمولی نیس . مگه نمی‌بینی قد یه گربس . بچه موش نیس که بشه دمبشو گرفت و دور سر چرخوندش و زدش زمین . این رو می‌باس همین طوری که مش کریم گفت ، در تله رو یواش بلند کنیم دمبش که بیرون اومد درتله رو بذاریم. بعد باز یواش یواش درتله رو بالا بکشیم . و یواش موشو بکشیمش بیرون ، همچین که نصبهٔ تنش از تله بیرون اومد، یهو در

تله رو، رو تیره پشتش اینقده زور بیاریم تا کمرش بشکنه. بعد بیاریمش بیرون ولش کنیم میون کوچه . نه اینکه تیره پشتش شکسّه ، دیگه نمی تونه بدوه. با دو دسّاش رامیره و نصبه تنش دنبالش رو زمین میکشه. بعد که خوب تماشاش کردیم یه لگت میزنیم روش میکشیمش ... »

کلاه مال تو حرف پالان دوز دوید و گفت : « نه ، اینجوری خوب نیس ریقش درمیاد دلمون آشوب میفته .»

مش حیدر گفت : « تله هم نجس میشه .»

پالان دوز گفت : « تله حالاشم نجسّه ؛ هر قد آبش بکشی طاهر نمیشه . » آنوقت برزخ شد .

ژاندارم گفت : «من تیرانداز ماهریم ،آتش سیگارو از صد قدمی میزنم . همتون برین کنار، یکی در تله رو واز کنه تا از تله دوید بیرون چنون با تیر میزنمش که جا در جا دود بشه بره هوا . اما باهاس پول فشنگو بمن بدین .»

شاگرد شوفری که با دهن باز و خنده مسخره‌اش تو دهن ژاندارم نگاه میکرد گفت : « دکی ! تا که از تله در اومد که یه راس میره سر جای اولش سر خیك پنیرا . بابا ایوالله که توهم خوب جائی فشنگ دولتو آب میکنی . »

ژاندارم اوقاتش تلخ شد و به شاگرد شوفر ماهرخ رفت . ژاندارم اهل محل بود و شاگرد شوفر تهرانی بود و ژاندارم ازش حساب میبرد و از لهجه سنگین وکش دار تهرانیش میترسید .

صدای گرفته نانوا سکوت را شکست : « خودتونو راحت کنین بدین بیندازمش تو تنور خلاص بشه . یه وخت یه بچه گربه‌ای بود که خیلی اذیت میکرد ، انداختمش تو تنور جزغاله شد. هیچی ازش نموند .»

غلام پست پرخاش کرد : « جونو یکی دیگه داده، باید همون خودشم بستونه . گناه داره، بدکاری کردی . »

نانوا پیروزمندانه گفت : « کفارشو دادم . دهشاهی دادم به گدا .»

برزگری که یك لقمه نان سنگك تو دستش مچاله شده بود گفت : « یه سیخ درازی بیاریم همینطوری که تو تله هسش شکمش پاره کنیم .»

شاگرد شوفر گفت : «ازهمه بهتر اینه که نفت بریزیم روش آتیشش بزنیم . تو شهر، ما هر وخت موش میگیریم آتیشش میزنیم . همچین میدوه بد مصّب مثه گولّه .»

همه ساکت شدند . مش حیدر که موش مالش بود ومثل دارائی خودش بدآن ادعای مالکیت داشت، ازپیشنهاد شاگرد شوفر ذوق کرد و گفت : « ای چه درُس گفتی. همین کارو میکنیم . » و بعد دوید رفت تو دکانش و یك شیشه نفت که یك قیف ِ زنگ زده سرش لق‌لق میزدآورد .

شاگرد شوفر گفت : « بذارین من واسطون درست کنم .» هیچکس حرف نزد . مش حیدر گفت : « راس میگه . بذارین خودش درُس کنه. اماقربو نتم فرارش ندی‌ها.»

شاگرد شوفر رفت پهلوی تله و درحالیکه آنرا ِیله میکرد و ذره ذره درش را بلند میکرد گفت :

« خاطر جمع باش، با . اگه گرگ باشه از دس" من نمیتونه فرار کنه . مگه دس" خودشه ؟ »

آنوقت دم موش از لای تله بیرون افتاد . بعد در تله را پائین کشید و آهسته روی دمش زور آورد . چندتا جیغ نازك کوتاه از موش بیرون پرید . با ناخن رو کف تله میخراشید و می کوشید راه فراری پیدا کند .

شاگرد شوفر رویش را به مش حیدر کرد و گفت :

« ببین درّس شد . من دمبشو میگیرم میارمش بیرون . شما باید زودی روش نفت بریزین . » بعد رو کرد به ژاندارم و گفت: «شماهم داشم عوضی که فشنگتو حروم کنی کربیتو داشته باش تامشدی‌نفتو ریخت روش، شمام کربیتو بکشین. دیگه کارتون نباشد . یه دقه بعدش ازجهنم سر درمیاره.»

آنوقت با یك حرکت دم موش را گرفت و از تله بیرونش آورد و سرازیری تو هوا نگاهش داشت . آنهائی که نزدیك تله بودند پریدند عقب. موش کمرش را خم کرد و سرش را بر گرداند که دست شاگرد شوفر را بجود . شاگرد شوفر تکان تکانش میداد و نمیگذاشت سرش را بلند کند . از پوزه موش خون بیرون زده بود . دست و پایش پاکیزه و شسته بود . کف دست و پایش مثل دست و پای آدمیزاد بود . مثل دست و پای بچه شیر خوره ، سرخ و پاکیزه بود . موهایش موج می‌خورد و وحشت تو چشمان گردِ سیاهش میلرزید .

مش‌حیدر از هولش شیشه نفت را رو موش خالی کرد وموش جاخالی داد و نصف نفت‌ها ریخت روزمین وژاندارم فوری کبریت کشید و گرفت زیر پوزه موش که موش گُر

گرفت و شاگرد شوفر هولکی انداختش رو زمین .

جمعیت باترس وشتاب میدان رابرای فرار موش‌خالی کرد . موش چون تیر شهابی که شب تابستان میان آسمان گر بگیرد، الو گرفت و دیوانه‌وار پا گذاشت بدفرار. گوئی در میان جمعیت وبا افتاده بود که همه پا گذاشتند به فرار .

موش مثل پاچه خیزک در رفت و رفت تا رسید زیر نفتکش وتاجمعیت خواست به خود بجنبد، نفتکش باصدای رعد آسائی منفجر شد و باران بنزین بر سر مردم و دکانها بارید ودنبال آن ناگهان انبار بنزین ، مانند بمبی ترکید وسیل‌سوزان بنزین مثل‌اژدها دنبال‌مردم فراری توی دهکده به راه افتاد .

روز اول تیر

زیرا آنچه برآدمی روی دهد برجانوران نیزهمان روی دهد ؛ هردو یکسان‌اند : همچون که این میمیرد آن نیز میمیرد ؛ آری ' همه دارای یك نَفَس‌اند ؛ چنانکه انسانی‌را برجانوری برتری نباشد: زیرا همه ناپایداراند.

همه بیك جا میروند ؛ همه از خاك‌اند ' و همه بخاك باز میگردند.

که میداند که روح آدمی بآسمان بالا میرود و روح جانور پائین بزمین میرود؟

از اینرو دانستم که برای آدمی چیزی به از آن نباشدکه ازکارهای خویش شاد گردد ؛ زیرا همین است بهره او : چون کیست‌که اورا بازگرداند تا آنچه را که پس از وی روی داده ببیند ؟

تورات : آیات ۱۹ تا ۲۲ از باب سوم جامعه
ترجمه نویسنده از متن انگلیسی

و حالا دیگر آفتاب پائیزی کم کم داشت میچسبید.
تابستان ُهرم و شیره آنرا مکیده بود و رنگ و رخش را لیسیده بود و ولش کرده بود. همان چنار وافراهائی که از دیوارهای باغ، ردیف راه افتاده بودند و گرداگرد استخر عظیم آن بهم رسیده بودند و در تابستان یك سکه از نور خورشید را بزمین راه نمیدادند؛ اکنون رنگ پریده وتنك برگ، خسته وناکام، زیرزرك آفتاب بامداد پائیزی، کرخت وبیحس، بدیوار آسمان لم داده بودند و ُهرم ولرم آنرا مك

میزدند و توانائی آنرا نداشتند که زیر تابش نور بی‌رمق آن چادر برگی پهن کنند.

حاج معتمد عصا زنان، دوراستخر بزرگ باغ گردش صبحانه خودش را دور میزد. هر روزکارش همین بود که صبح و عصر آنقدر دور این استخر بگردد تا خسته شود. استخر عجیب زیبا بود. عظیم بود. چهار گوش بود و تمام سطحش از نیلوفرهای آبی پوشیده بود. برگ روبرگ و گل بغل گل خوابیده بود. میان‌آن، فواره گل و گشادی بود که سال دوازده ماه سه سنگ‌آب زلال قنات ازش غلغل میجوشید و باغ ده هزار متری را سیراب می کرد.

این باغ را حاجی معتمد چهل و پنج سال پیش در سرآب سردارخریده بودوتوش بیرونی واندرونی ودیوانخانه ومهمانخانه و اصطبل وحمامهای سرخانه و خانه های کلفت و نوکر درست کرده بود. آنوقت ها حاج معتمد چهل سال بیشتر نداشت واز سبیل‌هاش خون می‌چکید ومثل حالا نبود که پشم‌هاش ریخته بود و آفتاب لب بام بود.

کنار استخر، رو یك تخت چوبی پایه کوتاه که دورش نرده‌ای از ستونهای کوچك خراطی شده چرخ زده

بود ، قالیچه‌کاشان زمینه‌لاکی ترنج دارِ ریزبافی پهن بود. رو فرش، یك غلیان فتحعلی شاهی بلور زمردین نگین دار ، با نی‌پیچ ابریشمینِ مروارید دوزی شده، راست سر پا ایستاده بود . یك استکان شَشتی‌بلور تراش و یك قندان مینا ، تویك سینی نقره بغل هم نشسته بودند. یك‌حافظ جلد سوخته نیز کنار آنها افتاده بود .

وقتی‌هوا خوب‌بود حاجی‌همین ُگله وروهمین تخت، شبهاتك وتنها ، پس ازنماز مغرب وعشا عرق میخورد. سالها بود که این‌می زدن شبانهِ درخلوت را کش داده بود وعادتش شده بود. یك سینی‌بزرگ دسته دار نوربلین که باقتضای‌فصل بورانی اسفناج ، ماست و موسیر ، کنگرماست ، باقلاپخته باگلپر، سیب زمینی پخته ، گوشت کوبیده و یا ماست وخیار وپنیر وسبزی و نعناع وترخون با نان سنگك برشته خشخاشی توش چیده شده بود برایش میآوردند که حتماً یك ُتنگ بلور تراش پراز عرق دوآتشه که یك ترنج زرین توش‌شناور بود، رکن اصلی وغیر قابل اجتناب سینی‌را تشکیل میداد. این سینی دوای آقا بود. وآقا ساعت ها با این عرق ومزه ، تو نور شمعی که روی یك شمعدان بلورین‌از تویك مردنگی

نور پاشی میکرد ، لك ولك میکرد و عرقش را اشك اشك مینوشید و گاهی شعری هم پیش خود زمزمه میکرد . جوانیهایش بدعرق نمیخورد . ولی حالاها کمتر میشد که بیش از دو سه استکان بخورد ؛ و در این سن و سال تنها دلخوشیش همین خلوت شبانه و می زدن تنها بود .

حالا حاجی چایش را خورده بود ، غلیانش‌را کشیده بود وباحافظ ور رفته بود و داشت عصا زنان و مورچه شمار راه میرفت وتسبیح جوین‌دانه اناریش را تو دستش‌میچرخاند وزیر لب باصدائی که از تنگ نفس‌مو برداشته بود میخواند.

« بر لب بحر فنا منتظریم ای ساقی ،

« فرصتی‌دان که زلب تا بدهان اینهمه نیست.»

«بله دیگه باید پشت پا زد باین عیش و غزلو خوند. این هشتاد نود سال چطور گذشت ؟ نتیجه‌اش چی بود ؟ منکه چیزی ازش نفهمیدم . نتیجه اون همه تقلا و جون کندنا چی بود ؟ یه خواب بود . یه خواب سراپا ترس و هراس . اینم آخرش . که چی ؟ زندگی کردیم . »

روبروی یك چنار عظیم ایستاد. « من باید کم کم با شماها خداحافظی بکنم . میدونی تورو کی کاشتنت ؟ من

که نمیدونم. وختی اینجارو خریدم تو همینجوری همینجا بودی . خیلی از درختای دیگه هم پیش ازمن اینجا بودن که حالا خیلی‌هاشون از بین رفتن . تو موندی و چند تای دیگه که شماهام رفتنی هسّین . من چه میدونم چن سالته . صد سال ؟ پونصد سال ؟ کسی نمیدونه . اما اگه کسی بت کاری نداشته باشه ، شایدم مثه چنار امامزاده صالح هزار سال عمر کنی. اما آخرش کد چی ؟ باید رفت . تو، هی تو خاك ریشه میدوونی و کود دل و جیگر مارو میخوری وهی گنده‌میشی تا یه روزی هم نوبت خودت برسه. گاسم یه روزی اینجا خیابون بشه با اون دکونای تو سری خوردش که از صُب تاشوم رادیو توشون غار غار میکنه . بشرطیکه تا من سرمو گذوشتم زمین ، تخم حرومای ولدالزّنا کلنگ بذارن تو این باغ و هر تکش مثه جیگر زلیخا دس یه نفر بیفته . دیگه بتوهم رحم نمیکنن. اونوخت من کجام ، تو کجائی ؟ شایدم بابای تو تابوت من بشه وتو تابوت بچه‌های من بشی. ما هممون بدبختیم . هممون یه راه میریم .»

یك غنچه نیم باز گل چای ، درشت و شاداب برساقد خدنگ زمردینش نگاه اورا بسوی خود کشید. غنچه کشیده

ومیان باریك بود و گلبرگ‌های پهن و لب بر گشته‌اش نازـ خندی برلب داشت . «. تو دیگه چی میگی ؟ خیال میکنی که قشنگی تو میتونه بمن دلداری بده ؟ تو میدونی خودت فردا این وختا چه حالی‌رو داری ؟ اگه تازه آدم بذارم بالا سرت که شب و روز بپادت که کسی نچیندت ، باز فردا پلاسیده میشی و بر گات میریزه و شته تو دلت ارّه میکنه؟ اما خوش بحالت که از عاقبت خودت خبر نداری . میتازی و مینازی وجلوه بباغ میفروشی . اما من میدونم که مهمون یه شب بیشتر نیسّی . نه . تو هیچوخت نمیتونی دیگه دل منو باین زندگی خوش کنی . ذره ذره تو این هشتاد نود ـ سال دیگه امید من تموم شده . چاه امید من دیگه خشك شده و هرچی مقنی توش کند و کو کنه دیگه آب نمیده . خشك شده. اما این وحشت برای من هسّ که بهار دیگه تورو نبینم . بازم گل میکنی ، بازم مردم دیگه بت نگاه میکنن . اما اونوخت دیگه من نیسّم که تورو ببینمت . تو دیگه تو رو من نمیخندی. درّسه که تو دیگه دل منو باین دنیا بند نمیکنی، اما من بت عادت کردم . کسی چه میدونه . شاید تورو رو قبر خود من بذارن .

گل عزیـز است غنیمت شمردیش صحبت ،
که بباغ آمد ازاین راه و ازآن خواهد شد.

تو چه عزّتی داری ؟ چرا عزیزی ؟ کـه رو قبر من بذارنت ؟ کاشکی روز اولش بباغ نیومده بودی کـه حالا بخوای گورتو گم کنی . همتون فراق و مرگ تـو دل من میکارین . کاشکی هیچکدومتونو نداشتم . نه خونه ، نه ملك ، نه باغ ، نه درخت ، نه گل ، نه زن و بچه و نوه و نتیجه . اونوخت دیگه چه غمی داشتم ؟»

خان ناظر ، پیشکارخانه زاد حاجی ، با اندام باریك وچهره استخوانی تاسیده وآبزیرکاه ، آهسته‌آهسته و تعظیم کنان ، سرو کله‌اش از تو خرند باغ پیدا شد وآمد آمد تا نزدیکی حاجی رسید وآنجا تعظیم بلندی کرد ودست بسینه بغل دست او ایستاد .

حاجی غافلگیر شد . نگاهش را از گل‌چای بر گرفت و به چهره غمزده ناظر دوخت و با همان نگاه پرسید : « چیه ؟ »

ــ « قربان مقبره تموم شده چه وخت تشریف فرمـا میشین ؟ »

ناظر چهره غم خورده خود را بزمین دوخت و هنوز صدای خودش تو گوشش زنگ میخورد که ناگهان حاجی باو پرید و پرخاش کنان گفت :

« مرتیکه پدر سوخته این چه جور حرف زدنـه ؟ یعنی میگی کی میمیرم ومنو اونجا بیارن ؟ قرمساق این که دیگه تشریف فرمائی نداره . »

« قربان زبونم لال بشه که همچو جسارتـی بکنم . منظورم اینه که چه وقت برای دیدن ساختمانش تشریف ـ فرما میشین ؟ »

« همین امروز . امروز بعداز ظهر . برو . »

خان ناظر پس پس رفت و پشت سرهم تعظیم کرد و برگشت و حاجی رویش را از او بر گرداند و بگل چای انداخت و گفت :

« شنیدی چه گفت ؟ گفت قبر حاضره؛ قبر من. حالا فهمیدی فرق من وتو چیه ؟ من میدونم قبرم حاضره ، امـا تو از قبر خودت خبر نداری . یه‌عمره که فکر این قبر منو مثه شمع آب کرده . اما تو آسوده وبی خیال رو یه دو نـه پات واسّادی و ازهیچ‌جاخبر نداری. برای همینم هس که

عزیزی. مثه بچه شیرخوره بی گناهی، برای بی‌خبری و بی گناهیته که عزیزی. حالا باید برم ببینم اون هلفدونی چه جور جهنم درّیه.»

خانواده حاج معتمد ازخودش شروع شده بود و اصل ونسبش برمردم پوشیده‌بود. حتی خودش‌هم نمیدانست پدر و مادرش کی بوده‌اند. نه در عمرش آنها را دیده بود و نه از کسی شنیده بود که کی و چکاره بوده‌اند. بچگیش تو بروجرد گذشته بود. هیچ نمیدانست کی او را بزرگ کرده بود. فقط خاطره رنگ و رو رفته‌ای از دوران کودکیش که توکوچه ها وِل میزد و گدائی میکرد در نظرش مانده بود. اما زمان شاگرد مهتری‌خود راپیش‌فراشباشی بروجرد خوبِ خوب بیاد داشت. آنوقت‌ها ده پانزده ساله بود و از آنزمان تا حالا خیلی سال بود و حالا کسی بکسی نبود و آبها از آسیابها افتاده بود. و حاجی جزء اعیان و متشخصین شده بود. بعدها تودستگاه ظل السلطان افتاد و بفراشی ونظارت و پیشخدمتی رسید وحکومت یافت ولقب گرفت و بارش را بست و سری میان سرها آورد و آنقدر زمین و ده دور و ور خودش جمع کرد که دیگر حسابش از دست خودش هم در

رفته بود واز اعیان پروپا قرص‌شده بود و دیگر کسی جرأت نداشت به اصل و نسبش بپردازد .

خیلی وقت بود که خانه نشین بود و سالی ماهی‌میشد تاچه اتفاق مهمی بیفتد که حاجی پایش را از درخانه بیرون بگذارد. ختم دوست همپالکی وهمدنـدانی بـاشد ، روضه‌خوانی عاشورای دوست و همسایه دیوار بـدیوارش جلیل‌السلطان یا اینجور مواقع باشد که حاجی را ممکن بوداز خانه بیرون بکشد . اما حالادیگراینجور جاها هم‌نمیرفت.

او دیگر مردم زمان خودش وحتی همسایه‌های دیوار بدیوارش راهم نمیشناخت. خانه دوروورش هریك چند دست گشته بودند و جاهائی که اولش خانه بود ، حالا دکان و مغازه وخیابان شده بود؛ یا ساختمانهای تازه و عجیب وغریب توشان‌بالارفته بود که همه‌آنها چراغ مهتابی داشتند و رادیو توشان غارغارمیکرد . واو ازهمه شان دلخور بود و با کینهٔ ریشه داری بآنها نگاه میکرد .

هفت پسر داشت که هرکدامشان یکی دو سه تا زن وبچه‌های قدونیم قدداشتند. پسرها سالی یکبار، آنهم نوروز و بنا به سنّت دیرین و بااکراه بخانه پدر میرفتند وآنروز

خانه حاجی از پسر و نوه ونتیجه وعروس چنان شلوق میشد که حاجی سرسام میشد . آنروز بود که همه دست حاجی‌را ماچ میکردند واو با اجبار به‌بزرگها، یك اشرفی وبکوچکها شاهی سفید میداد ؛ که بچه‌های حاجی می گفتند این‌عیدی برای مایه کیسه خوب است که حاجی ناخن‌خشك بود وغیر از این عیدی سالی یکروز و یك اشرفی ، نم پس نمیداد .

عید همین‌امسال بود وحاجی توباغ ، لب همین استخر و رو همین تخت چوبی میان پوستین خـز خود نشسته بود غلیان می کشید و بچه‌ها تو باغ ولو بودند و شکوفه‌هـا را تاراج میکردند که یك پسر هشت نه ساله یك کشتی‌کاغذی درست کرده بود و آنرا رو استخر ول داده بود . حـاجی هر چه نگاه کرداو را نشناخت و آخرش ناچار از خان ناظر که دست بسینه حضورداشت پرسیده بود. «این پسره کیه؟» وخان ناظر گفته بود : « قربان پسر آقا تقی‌آقاس از دختر مش‌علی اکبر رزّاز » و آقاتقی آقاپسر دومی حاجی بود که چندتا زن داشت وحاجی بیش از بچه‌های دیگرش باش‌کاردو خون بود. واخم تو چهره حاجی دویده بود وبه پسرك ماهرخ رفته‌بود وبخان‌ناظردستورداده‌بود که ازسراستخر دورش کند.

حاجی با تنها زنش حاجیه‌خانم و گروهی نوکر و کلفت تو این باغ دراندشت ، زیر بار خفه انبوه درختان کهن زندگی می کردند . اما زن و شوهر باهم کارد و پنیر بودند و سال تاسال همدیگر را نمی‌دیدند . حاجیه خانم اینطرف باغ زندگی میکرد و حاجی آنطرف باغ . سالها بود که حاجیه زمین گیر بود و از جاش نمیتوانست تکان بخورد .

پس‌از پنجاه سال زناشوئی وراه انداختن آنهمه تخم وَترِکه، زن وشوهر چشم دیدن همدیگر را نداشتند وسایه هم را با تیر میزدند . وردزبان حاجیه نفرین و نِنك و نال بجان حاجی بود . نه گاهی باهم روبرو می‌شدند ونه پیغام و پسغامی بهم میفرستادند . بچه‌ها هم برای خودشان هریك خانه و زندگی‌جداداشتند وهمه ازهم بدشان می‌آمد . برای همین اخلاقهای عجیب وغریبش همسایه‌ها اسمش را «حاجی دیوونه» گذاشته بودند واین‌حرف بگوش خودش هم رسیده بود و آنرا ازچشم زنش حاجیه خانم میدید و می‌دانست که او این حرف ها را تو دهن مردم انداخته.

خان ناظر هم با هوش خدا داد و سیاستی که بمرور زمان و به تجربه‌آموخته بود ، خانه راطوری اداره میکرد

که لازم نمیشد این زن وشوهر بهم‌کاری داشته باشند و خانه را آنچنان میچرخاند که هر دو ازش راضی بودند و او خودش‌هم دراین شکراب کهنه‌ایکه میان‌آنها بود، حواسش جمع بود و از آب گل آلود ماهی های درشت میگرفت و بااینکه بریخت ظاهرش نمی‌آمد ، حسابی بارش را بسته بود و پول و پله خوبی بهم زده بود .

مقبره نوساز حاج معتمد در گوشه دور افتاده صحن ، توآفتاب زرد ونازك بعدازظهر پائیز آب‌تنی میکرد و گل‌آقا حالا داشت جلوخان آنرا جارو میکرد و برگهای گُنجله شده چنار بیشماری که رو زمین پخش وپرا بود گردمیاورد و مقبره را برای بازدید حاجی که قرار بود بیاید و آنرا تماشا کند شسته ورفته میکرد .

خیلی وقت بود دولا دولا جارو میکرد . دیگر خسته شده بود . نفس بلندی کشید و کمر راست کرد و جارو را بدست دیگر داد و شروع بخاراندن تن خودش کرد . تنش زیر پیراهنی که ازچرك وعرق تن‌آهار بسته بود ومثل پوست خیك دور از تنش مانده بود ، زخم و زیلی بود. صورت و پشت گردنش همه زخم بود . این زخمها را خیلی وقت بود

داشت ، اولها گاهی دوا و درمانشان هم میکرد . اما از زمانی که باو گفته بودند سوداست دیگر ولشان کرده بود . اگر گاهی آب زرشکی چیزی برای خنکی گیرش میآمد ، میخورد که خوب بشود، و خوب نمیشد. زخمها خشك بودند اما همیشه میخاریدند و پوست سفید نازکی ازشان ورمیآمد.

« لامسّب وختی بخارش میافته دیگه آدمو از جون خودش سیر میکنه . مثه خوره‌ای ها شدم ، همه از من میگروزن . میگن کوفت گرفتی، آتشك گرفتی،چه میدونم، میگن ماشرا گرفتی .»

جارو را پرت کرد رو زمین و خم شد و برگها را تو گونی ریخت. « چه فصل لچریه.همش‌باد و گرت و خاك و اینهمه برگ بیخودی .هی جمعشون میکنی، هی دوباره مثه بارون میریزن . اگه فایده داشتن که خدا اینهمه دورشون نمیریخت . میخوام بدونم قرآن خدا غلط میشد ، اگه همین جوری از آسمون پول میریخت رو زمین؟ نمیدونم این پیروپاتالا چه جوریه که همشون تو این پائیز و زمسّون نفله میشن . حاجیم خیلی سال داره‌ها . حالا که واسیه خودش قبر درس کرده، گاسم وخت رفتنش باشه. خداخودش میدونه.

اما خیلی میراث خور دارەها . چن روزیم پلو حلوا براس. اما خدا نکنه. آدم بدی نیس. معلوم نیس وختی مرد ، تخم و ترکش همین شندر غازم بما برسونن .»

اینجا اولش مقبره نبود ، زمین بکر بود و حاجی دلش باین خوش بود که تو زمین بکر برای خودش مقبره ساخته بود. اینجا اولش دوتا دکان حکاکی و قلمدان سازی بود ؛ ویك حیاط کوچك ، که علافی بودوتیر و تخته توش ریخته بودند ، و حاجی آنرا باقیمت گران از چند دست ورثه خریده بود وبهم زده بود وبرای خودش و کس و کارش سرای آخرتی درست کرده بود. اما در تمام مدتی که مقبره در دست ساختمان بود ، حتی یکبار هم رغبت نکرده بود که بآنجا سر بزند ببیند عمله بنا چه‌کار میکنند . از این کار دلچرکین بود .

گل آقا رو سکوی سنگی دم در مقبره نشسته بود و از غار غار کلاغها کلافه بود . ابری از انبوه کلاغان روتەرخ آسمان لك انداخته بودند و او داشت آنها را می‌پائید. دلش میخواست حاجی زود بیاید و برود و او پس از رفتن حاجی‌پا شود برود توقهوه‌خانه کنار صحن، برقی پشت منقل

وافور بنشیند وچند بست جانانه دود کند ودوسد تا چای پر-
ماید لب سوزِ قند پهلو بخورد وبه نقّال گوش کند.

« دیشب آخرش این درویش بدریش سهرابو نکشت و گذاشتش برای فرداشب. امشبم بازتوش‌حرفه. حالا حالاها میخواد مردمو تیغ بزنه . کجا میاد باین زودی سهرابو بکشه؟» و تا از دور هیکل حاجی را دید، مثل فنر از رو سکو پرید پائین و دست‌بسینه ایستاد و پشت سرهم تعظیم کرد .

اندام میانه و فربه حاجی ، با عصای آبنوس سر نقره ازپیش ، وهیکل تکیده و لاغر خان ناظر ازپس بجلو خان مقبره رسیدند . حاجی آنجا ایستاد و عصایش را برد پشت سرش و سر آنرا محکم با دودست گرفت و بآن تکیه زد . نگاهش رو در ودیوار مقبره میچرخید . نفس نفس میزد ؛ و خس‌خس تنگ نفس با صدای تپش قلبش رو پرده گوشش میکوبید . تا آنروز مقبره خود را ندیده بود . فقط همان روزی که میخواست زمین آنجا را بخرد ، جای آنرا دید زده بود و پسندیده بود و این پنجسال پیش بود که همینطور انداخته بودش و حالا که آنرا بصورت مقبره نو سازی دیده بود که میدانست اولین مهمانش خود اوست ازآن بدش آمده

بود . کاشی‌کاریها و کتیبه کل‌نفس ذائقة الموت را که بخط ثلث خوبی بالای سردرنقش شده بود نگاه کرد و دلش‌مالش رفت . چند بار آیه را تو دلش خواند . کتیبه بد از آب درنیامده بود . اما پنجره‌ها کوچك و تو سری خورده بود و میله های‌آهنی‌بطرف بیرون‌داشت که دل‌آدم ازآنهامیگرفت.

ازدیدن‌آن خفگی نفس‌بری توی گلوی‌خود حس کرد و بی‌آنکه بصورت خان ناظر نگاه کند گفت: « این پنجره‌ها چرا اینقده خفه و توسری خوردس ؟ اینهمه دیوار آجری که بود میخواستیّن یه خرده جرزها رو باریکتر بگیرین تا پنجره‌ها بزرگتر در بیان . ساختمون رو بجنوب که باید آفتاب توش بیفته مثه زندون درسّش کردین. »بعد آهسته سرش‌را رو گردنش چرخانید و بدرو دیوار مقبره نگاه کرد . بیخ گلوش خشك شده بود و آب دهنش بآنجا نمیرسید .

اگر در مواقع دیگر بود ، حاجی باین نرمی و دلزدگی و بی فحش و فضاحت حرف نمیزد ـ مخصوصاً در موردکاری که برخلاف میلش بود . اماحالا که مقبره رادیده بود ومرگ رابخودش نزدیك میدید ، دیگر حوصله بددهنی وفحش‌را نداشت . خان ناظرهم چون اخلاق حاجی بدستش

بود ، صلاح ندید جوابی بدهد . خاموشی رو گفته حاجی سنگینی انداخت وپنداری از خواب گرانی بیدار شده باشد بخودش گفت :

« اینجا هم ایراد بنی اسرائیلی میگیری ؟ اگه باید بری تو قبر بخوابی کـه پنجره بزرگ و کوچك نداره . »

باز خودش بخودش پرید : « عجب حرفائی میزنی! من‌چقده پول تواین هُلفدونی سُلفیدم. اینجا آبروی منه، فـردا دوس و دشمن میانشون اینجا رومیبینن . نمیخوام یه‌چیز گندی ازآب درىياد. » سپس بلند گفت: « بیرونش که چنگی بدل نمیزنه بریم توش ببینیم چه خبره . » سپس از راهروتنگی گذشت و وارد مقبره شد .

حاجی چشمانش را دراند و اول از همه دنبال قبری که خودش دستور داده بکنند و حاضر وآماده کنند گشت، و از دیدن تنها قبری که بالای اتاق بزرگ مقبره دهن گشوده بود تنش یخ زد و عرق سردی پشت گردن و رو پیشانیش نشست ودانه‌هائی ازآن تو تیره پشتش غِل خورد وپائین افتاد. گوئی آنجا داری هوا کرده بودند که اورا بالا بکشند .

این قبری بود که برای خودش درست کرده بود .

بالای قبر یك لوحه سنگ مرمر سبز ، پشت رو، به دیوار تکیه داده بود که نوشته‌اش رو بدیوار و روی ننوشته اش بیرون بود. حاجی دلزده وآرام به ناظر گفت : « اون روش کن ببینم چی ازآب در اومده .» پیشکار سرافکنده و غمناك پیش‌رفت وسنگ‌را روزمین چرخاند و نوشته‌اش را نمایاند. سنگ سبك و نازك بود . « هوالحی الذی لایموت . وفات مرحوم مغفور مبرور جنت مکان خلدآشیان الحاج علی‌اکبر معتمدالسلطنه فی شهر ....» و جای تاریخ خالی بود و به‌خط نستعلیق خوشی بود که ، رومرمر حك شده بود .

«همین سنگه که مثه یك‌بختك رو سینم میفتد ونفسمو میبره . هی‌میان روش میخونن وهی میگن چه خط خوبی . گیرم خدابیامرز یانیامرزیم گفتن، چه فایده؟ اینم آخرش. آدمو تو یه چاله میتپونن که نه راه پس داره نه راه پیش . جنت مکان ، خلد آشیان . چه خاله خوش وعده. مسخره‌س. اون که گوشش به‌این‌حرفها بدهکارنیس. کار خودشو میکنه. کاشکی داده بودم نوشته بودن سقرمکان . کی میدونه جای اون تاریخ که خالیه چی‌مینویسن. چه روزیه ؟ منکه دیگه خودم برنمیگردم که روش بخونم. تا اینجاش که میدونسم

دادم نوشتن . دیگه از بعدش خبر نداشتم . »

اتاق مقبره ولنگ و واز بود . از آنجا پنجره ها تنگ‌تر مینمود . پنجره‌ها کیپ بسته بودند و هوای خفه و نمناك درون مقبره ته بینیش را میسوزاند . فوری برگشت پشت سرش را نگاه کرد . از وقتی که وارد مقبره شده بود همه‌اش خیال میکرد که تنهاست . اما خان ناظر سایه وار دنبالش بود . از دیدن او دلش قوت گرفت و با شرمساری، چندتا سرفه کوتاه خلط گرفته بیرون داد و گفت : «اینجا خوب جا داره ! خیال نمیکردم باین بزرگی از آب در بیاد ... بالاخونه دو تا اتاقه ، نه ؟» میخواست خودش را از تنگ و تا نیندازد، والا یقین داشت که بالا خانه دو تا اتاق دارد و خودش دستور آنرا داده بود و نقشه آنرا مکرر دیده بود ومعمار برایش شرح داده بود که کجا کجاست .

ناظر با ادب جواب داد : «بله قربان ، یکی زنونه، یکی مردونه. یه آبدار خونه هم هس برای چای غلیون.» و خواست بگوید : « برای مشایعین » و حرفش را خورد و نفسش درنیامد ، که از حاجی مثل سگ میترسید .

حاجی دلش فشرده شد ، ودرد ثقیلی دل و روده‌هایش

را درهم پیچاند و همچنانکه چشمانش رو قبر خیره مانده بود پیش خودش گفت : « بعد از من میان اینجا چـای و غلیون کوفت کنن و حلوا بخورن و تو دلشون فحشم بدن . من نباشم و دنیا سرجاش باشه ؟ بله :

زین پیش نبودیم و نبد هیچ خلل،
زین پس چو نباشیم همان خواهد بود.

تف ! تف ! این قبرمنه . زندگی من دیـگه اینجا تمومه . چه زندگی ای؟ باید اینجا بخوابم وخوراك مار ومور بشم.»

چشمانش را از روقبر برداشت و هراسان بدر ودیوار مقبره چرخاند . پیش چشمش آنجا اتاق وسقف و در ودیوار نبود ؛ تمام اتاق مقبره برایش گوری بود که هوایش داشت خفداش میکرد. دلش خواست از آنجا فرار کند.

راه افتاد رفت رو ایوان باریکی که دو پله میخورد میرفت تو حیاط عقب مقبره . آنجا ایستاد و دور ور خودش را ورانداز کرد . ایوان باریك و دراز بود و دو تا ستون گچ بری ، با سرستون‌های جمشیدی ، سقف آنرا رو کول گرفته بودند . حیاط کوچك بود . نصف اتاق مقبره بود . یك حوض کوچك چهار گوش زیـر کاج تناور دیلاقی رو زمین

پهن شده بود و یك آفتابه حلبی نو ، که همانروز گل آقا آنرا از حلبی ساز گوشه صحن خریده بود و هنوز مزه آب نچشیده بود ، رولبه آن ایستاده بود. سوك حیاط ، مستراح توسری خورده‌ای که شیروانی بد ساختی ، کجکی روسرش خوابیده بود،قوز کرده بود و لك نمی که از پای دیوارك‌آن بالا زده بود دل حاجی را شکافت. شاخه‌های چرك و گرد گرفته از گیل مقبره همسایه تو حیاط سر دوانده بود و از گیل‌های کال مفلوك‌آن مثل دمل‌های چر کی تودل‌حاجی پنجه بند کرده بودند.

ناگهان یك گله کلاغ که دنبال هم کرده بودند به کاج تو حیاط هجوم آوردند. کله کاج تکان خورد و سوراخ سنبه هاش پراز غار غار کلاغ شد وسوزنهای خشکیده‌اش تو حیاط وحوض پخش شد وسپس زود کلاغها از آنجا پریدند و رفتند و لکه‌های سیاه از غار غارشان توآسمان بجا ماند.

حس کرد یك چیزی رو دلش افتاده‌بود. پوست تنش باد کرده برد و یك چیزی میخواست از زیر پوستش بیرون بپرد وراه در رونداشت. تو کمر و زانوهاش سست شده‌بود. میخواست بیفتد. بکمك عصا خود را بیکی از ستونها

کشانید وآنرا تو بغل گـرفت . کف حیاط پیش چشمانش تاب میخورد و یله میشد . کنده کاج یله شده بود و داشت رو زمین میخوابید . حوض وآفتابه و حیاط و مستراح وکاج و از گیل‌ها همه‌شان یله شده بودند و چرخ میزدند . تنهائی دردناکی اورا از زندگی جدا ساخته بود ؛ و یك فراموشی خوابزده تو سرش سایه انداخته بود .

زمانی چشمانش را بست و فکر کرد : « تو چته این جوری خودتو باختی ؟ کسی چه میدونه ؟ گاسم صدو بیس سال عمر کردی . نشو که نیس . آها ! معلوم میشه باون گل‌چای دروغ گفتم . هنوز امید سرجاشه ، خشك نشده . بله ، صد وبیس سال عمر طبیعیه . خیلی‌ها صد و بیس سال عمر کردن ... حالم داره بهتر میشه. بنظرم صفرا داشته باشم . آبغوره ، آبغوره .»

باز برگشت باتاق مقبره . قبرش پیش پاش دهن دره میکرد . ایستاد و بدیوار تکیه زد . هم میخواست خـان ناظر آنجا باشد وهم میخواست نباشد. ترس ازتنهائی آزارش میداد . همچنانکه چشمانش تو سیاهی چیره کور گیر کرده بود ، شمرده به خان ناظر گفت : « دیگه میخوام یه خرده

اینجا تنها بمونم . تو برو بیرون و در رو هم ببند و نذار کسی بیاد تو. خودم که کارم تموم شد میام بیرون . من باید خودمو باینجا عادت بدم .» پیشکار تعظیمی کرد و از مقبره بیرون رفت.

صدای خشکیده و خفه چفت در نفس اورا درسینه‌اش براند . حالا داشت رو زمین نگاه میکرد ، و بخاموشی و تنهائی‌آن محیط مرگ زا میاندیشید . اما تا صدای چفت‌در را شنید ، بزور چشمانش را دراند و راه تهی‌ای که پیشکار پیموده و رفته بود وارانداز کرد . گردنش را بالا گرفته بود وبدر بسته مقبره خیره مانده‌بود . دورا دور کمر کش دیوار مقبره ، نزدیك سقف، یك کتیبه کاشی با زمینه نیلی و خط ثلث سفید دویده بود و آیاتی از سوره الرحمن رویش نقش بسته بود . جائی از کتیبه فبای آلاء ربکماتکذبن . کل من علیها فان، بچشمش‌خورد . اما آیات دیگر را نتوانست بخواند . دو تکه سیم کلفت برق ، بی لامپ و سرپیچ ، از میان سقف پائین افتاده بود . بخودش دلداری میداد : « نه ، راستی که خیلی جا داره . برای من وحسن و حسین واحمد وآتقی و محمود و سعید و حاجیه و همه بروبچه‌هاشون جا

هس . دیگه بعدشم بمن مربوط نیس . همینم نگهدارن خودش خیلیه . اونایم کــه بعد میان باید فکر خودشونو بکنن . اگه تو دنیا پخش و پرا بودیم ، دس کم عوضش اینجا هممون توبغل هم ودس بگردن میخوابیم.پناه برخدا اگه قبرامونم از زیر توهم را واکنن . اگه قرار باشه این حاجیه بذات اینجاهم منوول نکنه وای بروزم . بایدوصیت کنم اون دور دورا بخوابوننش . »

قبر دراز و باریك وگود تو زمین فرو کش کرده بود. شکل یك مستراح گل و گشاد روستائی بود . زمخت وسیاه بود. توش را باآجرهای پرملاط بند کشی نشده چیده بودند، همه چیزش موقتی بود . معلوم بود بعداً بهم میخورد .

عصا زنان رفت بالای گور ایستاد وبدیوار مقبره تکیه داد.خط‌های بند کشی نشده آجرهای تو قبر پیش چشمانش بالا وپائین میشد. «اونروز دیگه آجراشم جمع میکنن و رو خاك خالی میخوابوننم . ای بابا ، اینکه تازگی نداره که تو اینجوری پیش پام دهن واز کردی . تو یه عمر جلو من دهن واز کرده بودی . حالا باید بیام توت بخوابم تا دیگه بهم عادت کنیم . با هم دوس بشیم . تو خوند آخرت منی

باید تا روز پنجاه هزارسال توت بخوابم .»

با تردید و احتیاط عصایش را بدیوار تکیه داد و دو متر راهِ میان دیوار وقبررا با ترس وتردیدپیمود وبگور که رسید با تأنی نشست لب گــور و پاهایش را آن تو آویزان کرد . هنوز خیلی میخواست تا پاهایش بکف گور برسد . چشمانش را تو سیاهی نمناك قبر دواند بلکه بتوانـد فاصله میان پاها را تا کف گور بسنجد . « از نیم گز بیشتره ـ سه چار که . اما آجرای کفشم که وردارند هنوز گودتر میشه . چه‌فرق‌میکنه؟ آب که ازسر گذشت چه‌یه گز، چه‌صد گز.»

ناگهان سررا بالا کرد و دوباره بدربسته مقبره نگاه کرد . در خاموش و عبوس بدیوار آویـزان بود . کارتنك پوست پیازی رنگ نور خورشید ، از میان دریچه‌ها تـو مقبره خزیده بود ورنـگ کبود مرده‌ای بکاشیهای کتیبه داده بود . دیگر دلش نمیخواست توگودی تاریك نم زده گـور نگاه کند . سرش را انداخت زیر و چشمانش را بست .

«یا رب نظر تو بر نگردد،
بر گشتن روزگار سهل است.

لااله الاالله این هشتاد نود سال مثه دیروز بود . تازه

من آدم خوشبختیم که گوری دارم که دور ورش دیوار ودر و پیکر داره وتوش‌چراغ میسوزه . خیلی‌ها گورم ندارن . اما چه فرقی میکنه ؟ وختی منو تپوندن این تو ، در و پیکر و چراغ بدرد چی میخوره ؟ اما وحشتنا که اگه اونجاهم شکنجه وعذابی باشه. مگد تو این دنیا کم کشیدیم ؟ مگه عذابی سخت‌تر ازعذاب زندگیم وجود داره؟ تاخودمو شناختم غیر از زجر وشکنجه چیزی ندیدم ؛ تازه حالا هم اولشه . ای خدا چه راه درازی باید برم . »

نوك دماغش سوخت و چشمانش داغ و خیس شد . دماغش را گرفت و تو قبر فین کرد و آب لزجی که لای انگشتانش پرده بسته بود تو قبر تکانید و چشمانش را با آستین پوستین خزش پاك کرد . صدای دلش تو شقیقه هایش پتك میکوبید . « منکه چیزی از زندگی نفهمیدم . دیگه بسّه. هرچی بود گذشت . یدچشم بهم زدن گذشت . ازهمون زمانی کد تو کوچه پس کوچه های بروجرد ولگردی و گدائی میکردم تا حالا کد کرور کرور پول بهم زدم همش زجر بوده . نتیجه‌اش چه بود؟ هف هش تا بچه پس‌انداختم یکی ازیکی پست‌تر ونمك بحروم تر. هرچی از دسّم اومد

ظلم کردم . آدم کشتم . مال این و اونو بردم . نماز خوندم روزه گرفتم . سینه زدم . اشکدون پر از اشك کردم . چه حاصل ؟ حالا میفهمم که زندگیم یك پول ارزش نداشته .»

سبیل سفید کلفتی تا گوشه‌های لبش پائین آمده بود و مانند شاخ گاومیش چانه‌اش را در بر گرفته بود. ته ریش سفید خاك ار ّه‌ای‌روچهره‌اش‌را پوشانده بود. پوست‌چهره‌اش برنگ پوست از گیل بود . با چین و چروك زیاد. چشمانش درشت و پر از رگهای خونین بود و هنوز خوب میدیــد . موهای سرش سفید و برّاق بود و چون ابریشم خام ، رشته رشته از زیر کلاه پوست بخارائیش بیرون زده بــود . سرش گنده‌بود و گوشهای بَلَبلیش‌از دوطرف کلاهش بیرون‌جسته بود . سالها بود کیوره اخم تو صورتش خانه گرفته بود .

اکنون دیگر خوب درون قبر را میدید و چشمانش بتاریکی گودآن اُخت شده‌بود.«چقده گوده! گمونم رسمش اینه که از قد وبالای‌آدم بیشتر باشد . برای اینکه بو گند بیرون نـزنه . چه خوبه یــه شب بیام این تو بشینم عــرق بخورم. فقط اگه این کارو بکنم دُرُس و حسابی بش‌عادت میکنم. این قبر باید به همه جور من عادت بکنه. اونروز

دیگه همه آجراشم جمع میکنن . باید نعش رو خاك باشد نه رو آجر . باید رو خاك خالی باشه . حالا برم اون تو . اینجاخونهآخرتمنه. باید بش عادت کنم. برمتوش بخوابم. خدایا بامید تو . بسم‌الله الرحمن الرحیم.»

رو کف دستهاش زوری آورد و خودش را تو قبر ول داد . بیخ کتف هاش درد گرفت. « کاشکی عصامم باخودم آورده بودم . نمیتونم قدم از قدم وردارم . »

تو قبر که ایستاد ، لبه‌اش از سرش بلندتر بود . وحشت کرد . کف قبر را خوب میدید . سرگردان آنجا ایستاده و راه دستش نبود که چه جور کف قبر بخوابد .

سپس دندانهای مصنوعیش را از دهن بیرون آورد و آرام آنهـا را تو جیب جلیقه‌اش تپانـد . « ای خدا خودت خوب میدونی که هر یه دونه از این سی و دو دندونو با چه مکافاتی ازدهنم بیرون کشیدن ؛ مُردم وزنده شدم . خیال میکنی تموم خوشی های زندگی برابر این زجر دندون در آوردن و دندون کشیدن میرزه.» وحالا صورتش کوچك‌شده بود و لب بالائیش مانند پوست هندوانه خشکیـده رو لب پائینش چفت شده بود و گونه هایش بیرون زده بود و نـوك

دماغش بچانه اش میخورد .

آنگاه باحالتی که گوئی اورا دارند تو قبر یله میکنند وخودش ازخودش اراده‌ای ندارد، کف‌قبر نشست. آنجا کمی جابجا شد و بالاپائین‌شد و سپس طاقباز کف قبردراز کشید. بوی سوزنده آهك تو بینیش را گزید. بنظرش آمد که دهنه گور از تهش گشادتر بود. ازپائین نور خاکستری سردی را که تو مقبره ولـو بود میدید . سقف مقبره بنظـرش خیلی بلند میامد وسنگینی آن رو دلش فشار میآورد. شبح نمناك زنگ آلود تیرهای آهنی سقف اززیر لعاب گچ پیدابود. «چارتا تیرآهن‌نمره شونزده خورده. برای‌چی؟مگه چن‌طبقه میخواسّن بسازن؟ خب...کار از محکم‌کاری عیب نمیکنه. گاسم یه وخت جمعیت تو اتاقای بالا زیاد شد ، نکنه طاق پائین بیاد . بیاد بدرك ! منکه آنروز دیگه زنده نیسّم .»

از ته گور که به سقف نگاه میکـرد ، بلندی گور پیشش چون چاهی عمیق مینمود . خودش را خیلی از کف مقبره پائین میدانست. ناگاه تنش سردشد و ترس تازه‌ای بیخ دلش جـوانه زد . « راستّی راستّی مثد اینکه باید رفت . تا حالاخیال‌نمیکردم اینقده‌جدی باشد.فایده این زندگی چی

بود ؟ منکه دلم نمیخـواد بمیرم و مثه سگ این تو چالم کنن . این چه وضعیه که یه زنـدگی پر از شکنجه که سرتـاسرش هول مرگ اونو بما جهنم کـرده ، آخرشم بیك همچو توهینی تموم بشه که بمیریم ؟ توهینی از مرگ بالاتر چیه .؟ من هنوز کارام تموم نیس . خیلی‌کار دارم . یه یخدون پر ازکاغذ و بُنچاق دارم‌که باید بشون رسیدگی کنم‌ونصفشونو پاره کنم بریزم دور.هنوزوضع‌املاك کرمانشاه تو عدلیه معلوم نشده . پدر سوخته ها صد تا اِن قُلت توش آوردن . باید سر وصورتی به املاکم بدم. هیچوخت راضی نشدم که وصیت کنم . هی امروز فردا کردم . اما آخرش چی؟باید وصیتّامو بکنم وبدم خودم دارو ندارمو بدم باین پدرسوخته ها برام بخورن و بعد بیان سر قبرم برینن.»

زمختی کف گور تنش را آزارمیداد . پشت سرش، رونرمی کلاه پوستیش آسوده بود و گردن و شانه‌هاش توهوا ول بودند . همیشه از بالش بلند خوشش می آمد و شبها عادت داشت یك بالش‌کلفت لوله‌ای زیرسرش‌بگذارد . وحالا زمین سخت وناما نوس‌بود.«اما آدم دیگه‌اونوخت این‌چیزارو حس نمیکنه . راستی چه جوری میادش؟ مثه وختی که آدم

خوابش میبره و دیگه هیچی نمیفهمه؟ نه، گمون نکنم. میفهمه. ما خود مونو گول‌میزنیم. هم تموم عمرمون میفهمیم که میمیریم و هم همون لحظه مرگمونم میفهمیم که داریم میمیریم و از همه وحشتناکتر و ختی که مردیم میفهمیم که مردیم و از زنده‌ها جدا شدیم و جدائی و فراقو همون‌لحظه مرگ خودمون حس میکنیم. باید از همه چی دل کند. منکه راس میگم، نه‌زنمو دوس دارم و نه هیچکدوم از بچه هامو. اما به خونم و درختاش و حوضم و لباسام عادت کردم. دل کندن از این آفتاب و ماه و ستاره ها و بهار و پائیز و تابستون و زمستون و ابر و برف و باد و بارون واز همه بد تر، دل کندن ازخودم برام کار خیلی مشکلیه. من گمون میکنم تا وختی که گذوشتنمون تو قبر، هنوزم از دور وریای خود مون خبر داریم. مگه نه اینکه میگن وختی سنگ لحد گذوشتن رو سینه مون و خاك ریختن رومون، هولکی پا میشیم و داد میزنیم بیاین مارو باخودتون ببرین، مارو تنها نذارین. اونوخت سرمون میخوره به سنگ لحد وسرمون میشکنه وتازه اولشه. تواون دنیا تازه شروع میشه. نکیر و منکر میانشون و اصول

دین میپرسن میکنن . بعد گرز آتشی و آتش جهنم وعذاب الیم . چقده طول میکشه تا تکلیف آدمو معین کنن ؟ کی میریم‌تو بهشت یا تو جهنم ؟ صب میکنم تا روز پنجاه هزار سال؟ اما اگه تا روز پنجاه هزار سال صب کنیم ، پس‌حالا تا اونروز چیکار میکنیم ؟ همینطوری بیکار میخوابیم ؟ عذاب میکشیم ؟ اونوخت تکلیف مرده‌های ثوابکارچی‌میشه ؟ او نام تا روز پنجاه هزار سال بانتظار بهشت باید روحشون سر گردون باشه ؟ مثه اینکه، زبونم‌لال، اونجاهم حساب و کتابی نیس ؟ باید خیلی بلبشو باشه . منکه سر در نمیارم. شاید حالا روز پنجاه هزار سال باشه و همین فردا دنیا آخر بشه و اسرافیل صور بدمه . غیر از خودت کسی نمیدونه . خدایا من از تو خیلی میترسم . چه دروغی دارم بگم . اما نمیدونم هستی یا نیستی . همین شکی که تو از بود و نبود خودت‌تودل‌مردم انداختی، دنیائی‌رو بجنگ وخون کشیدی. کی تورو دیده؟ چه جور میشه که کسی هیچی نباشه وهمه چی باشه . اینهمه پیغمبر فرستادی رو زمین . میگن صد و بیس‌وچارهزارتا، که تورو بمردم بشناسونن‌وثابت کنن که تو وجود داری . اما خودت میدونی که حتی یکیشونم نتونسد

ثابت کنه که تو هستی . پیغمبر فرستادی رو زمین وبدستش شمشیر دادی که بمردم بگو آش کشك خالته. بخوری پاته، نخوری پاته. اگه مردم بت ایمون آوردن که خب ، اگه نه، مال وجون وخونشون حلاله. آخه چرا؟ مگه اینا بنده ـ های تو نیستن ؟

نه مرکب بود وجسم نه مرئی نه محل،

بی شریك است ومعانی، تو غنی دان خالق.

این وصف توه . منکه با این تعریف نتونستم تو رو بشناسمت . همین تعریف نشون میده که وجود یه همچو موجودی غیرممکنه . من نمیدونم هستی یا نیستی . اما چون ازت میترسم . چون از خشم و غضب تنم میلرزه ، بزور بخودم میقبولونم که هستی . میگم اگه بود که بود ، اگرم نبود که ضرری نمیکنم . ازت میترسم برای اینکه بد ترست عادت کردم . خدایا خودم میدونم که خیلی گناهکارم ، هرچند تو کریم و الرحیم و الرحمینی . دریای کرم و بخششت کرانه نداره . اما من اون رو رو ندارم که ازت بخشش بخوام . تو خودت میدونی که من آدم کشتم ، نه یکی ، نه دوتا ، من نه نفر آدم کشتم .

اما تو میدونی که دس خودم نبوده. دلم ازاین میسوزه که من اصلا اونارو نمیشناختم و هیچ بدیم بمن نکرده بودن .شایدم آدمای خوبی بودن. تو خودت عالم سروالخفیاتی ومیدونی که کی منو باین کارا وامیداشت. یادت هس که تو ، یه خدای کوچکیم رو زمین داشتی که او شازده بود و من نوکر او بودم . من بنده او بودم ، نه بنده تو . جوون بودم ، نافهم بودم و از بس خودم ظلم و جور از مردم دیده بودم ، خودمم یکی شده بودم لنگه اونا. اما چرا شازده باید سایه تو باشه و بتونه آدم بکشد. منکه حسابشوندارم. او هزارتا آدم کشته. اینا تقصیر کیه؟ زبونم لال ، زبونم لال ، اگه تو نمیخواستی کسی قدرت اینو داشت که یه شپیش بکشه ؟ مثلا همین دختره خدا بیامرز ، دختر مشدی عباس علاف که من بروز سیاش نشوندم تقصیر من بود ؟ تقصیر او بود ؟ تقصیر باباش بود؟ باباش وصیت کرد ودخترشو بمن سپرد. اما هنوز کفن باباش تر بود که من بغل دختره خوابیدم و شکمشو بالا آوردم و دار و ندارشو بالا کشیدم . بعدم که خودت دیدی چقده دلم براش سوخت . اما این دیگه تقصیر خودش بود که از خونه من فرار کرد و رفت تو چاله سیلابی . دیگه توچشمم

سیاه شد . اما حالا که فکر میکنم میبینم در از راه بدر
بردن این دختره من گناهی نداشتم ، من جوون بودم ، اونم
بچه بود ، خوشگل بود. من زن باین نازنینی ندیده بودم.
من خواستم اونم خواس . ما هردومون مثه آتش وپنبه بودیم.
خودت میدونی وختی بغلش خوابیدم چنون خاطر خواش شدم
که میخواستم دیونه بشم ومیخواستم بگیرمش . اما شکمش
که بالااومد، ازترس مردم بی انصاف فرار کرد ویه راس رفت
توچاله سیلابی . اگه من همون وخت فهمیده بودم کجارفته
میرفتم دنبالش ونمیذاشتم لک وردارِه . اما افسوس، بعدازهف
هش روز که خبر دار شدم دیگه دیر شده بود . مثه میوه
گندیده شده بود. وختی گم شد،خیال کردم خودشو سر به نیس
کرده. هرچی سراغشو گرفتم، کسی جاشو نمیدونس وهرچی
حوض و چاه بود ، مقنی فرستادم گشت؛ تا آخرش از چاله
سیلابی سردرآورد . تو که خودت اینارو خوب میدونی .اما
با همه اینا رفتم اونجا دنبالش . آبروم رفت . همیه مردم
فهمیدن. دیدم بچشم انداخته ، و خودشم سرخاب سفیداب
مالیده و زیر ابرو ورداشته واز زیر پای این قاطرچی پامیشه
زیر یکی دیگشون میخوابه. دیگه بدرد من نمیخوره. گفتم

آخه ای خدا نشناس چرا اینکارو کردی ؟ گفت از دسّ مردم دیگه سرمو نمیتونسّم بلند کنم . اما اینا تقصیر من نبود ؛ تقصیر اونم نبود . حالا تو برای اینکار هردوی مارو گناهکار میدونی ؟ چرا کردی ؟ این تو بودی . اگه تو نمیخواسّی ممکن نبود که ما روی همدیگه رو ببینیم . این گناهید که تو پای ما نوشتی . و اما استدعای من از تو اینه که همه گناهای اورو پای من یکی بنویسی . او تقصیری نداشت . من بودم . نه ! من و تو با هم بودیم . حقش اینه اگه تو عادلی، بایداین گناه رو پای خودت بنویسی. کاشکی‌میدونسّم کجاس میرفتم پیشش. چه دختر خوبی‌بود. تموم گناهاش به گردن من . هر چی نماز و روزه داشتم مال اون . من یه روزشونونمیخوام. اگه پیدایش میکردم، تموم دارائیمو بید حبّ نبات بش هبه میکردم . اینم بدون که هیچکس وهیچ چیز و بقد او دوسّ نداشتم . اول پیش چشمم چرك شد ؛ اما حالا که اینقده سال گذشته بازم مثه اول دوسّش دارم . دیگه چرك نیس . یعنی میشه کربلا و مکدای که رفتم بدم و گناهای او پاك بشه؟ تموم گناهائی که کردم یه طرف، رفتارم با این دخترك بی‌پناه یه طرف . این گناهید

که یه عمر رو دلم سنگینی کرده و عُقده شده . حالا تو بگو این عذابای دنیائی بس نیس که باید اون دنیا هم تو آتیش جهنم بسوزیم؟ مگه حالا کم میسوزیم؟ ما که آخرش بعداز یه عمر کوتاه میمیریم این عذابای جور واجور دیگه چیه که پیش پامون نهادی ؟ تو که دفتر و دُسك بغل دستت گذوشتی و همه چیزا رو توش مینویسی ، لابد اینم توش نوشتی که این دختره مثه فرشته آسمونی بود . ننه باباش برای پسرحاج رحیم بُنکدار شیرینیش خورده بودن، فوری و با فرستادی اومد و بابا و ننشو و نومزد جوون بدبختشو وخود حاج رحیم وهزار نفر دیگه رو بردی. اونوخت این دخترك موند پیش من وکاری که نباس بشد شد . خدایا تو خودت میدونی که چه وبائی بود. چقدهآدم بیگناه رو جارو کردی . تو کوچهها مثهنخاله مرده رو مرده انبار شده بود. نیمه جونا تو بغل مرده ها جون میکندن . چه جوونائی . هی تو گوشمون پرمیکنی که کل من علیها فان . همه باید بگذارین و بگذرین و هی دوس و عزیز پشت عزیز و قوم وخویش بدس خودمونچال میکنیم و گرگ اجل یکایك از گله میبرد و این گله را مینگری که چه آسوده میچرد و

ما نفسمون در نمیاد و تو اون بالا نشسّی و همه را میبینی و از دسّ ما بدبختا هیچکاری ساخته نیس . بگو ببینم ، تو خودت خدائی نداری که جوابش بدی که چرا اینهمه آدمو نفله‌میکنی ؟ توخودت روز قیومتی نداری که جواب خداتو بدی ؟ ببینم ، اصلا توخودت خدائی داری که پیشش حساب پس بدی؟ این زندگی منه که خودت میدونی . غیراز درد و شکنجه دیگه چی از زندگی دیدم ؟ هیچوخت من اختیاری از خودم نداشتم . همین نوکری شازده رو بگو . پول داشت ، ملك داشت ، حکومت داشت ، جون و مال وناموس مردمم دسّش بود . اگه لب تر میکرد صد تا آدمو جلوش طناب می‌انداختن . خوبه چقده آدم کشته باشه ؟ خوبه چقده دخترکی ور داشته باشه ؟ اینا بنده های تو نبودن ؟ گناهشون همین بوده که از خودشون زور واختیاری نداشتن . اسیر بودن . تو چرا باید شازده رو این جوری خلقش کنی که خوراکش خون آدمیزاد باشه ؟ یادت هسّ چه‌جوری داد زنده زنده دل اون حاجی تاجرو که ازش به شاه شکایت کرده بود از سینه‌اش بیرون آوردن ؟ تازه آخرشم چه جور راحت، تو رختخواب گرم و نرم خونش .

میون زناش و بچه‌هاش مرد و نعشش روهم بردن نجف چال کردن. مالشم تخم و ترِکش میون خودشون قسمت کردن و از دماغ یکیشونم یه چکه خون نیومد. حالا من به مردم کاری ندارم. خودشون برن جواب تورو بدن. اما نمیدونم با خود من چه معامله‌ای میکنی؟ هرکاری بکنی صاحب اختیاری. منکه نمیتونم جلوتو بگیرم. هر بلائی دلت بخواد میتونی سرمن بیاری. من همیشه اسیر تو بودم. از خودم اختیاری نداشتم. هرکاری کردم تو خواستی و به کمك تو بوده. ما با هم شریك بودیم. اگه قرار بشه شکنجه و عذابی باشه باید برای هر دومون باشه. خیال نکن تو خودت شُسّه و رُفته از این دنیا میری. دلت خوشه که همیشه زنده‌ای و دستت برای ظلم وازه. اما نمیدونی که همیشه زنده بودن تو از مردن ما بدتره. هرکسی بمیره اسمش و ظلمش و خوبی و بدیش بعد از یه مدتی از بین میره. اما تو خودت رو بگو که هرآدمی که میاد و مزه ظلم تو رو میچشه و از دنیا میره این خودش یه تف ولعنت ابدیه بتو. فحش و نفرینه. اگه بخوای خوب بدونی همشون ازت بدشون میاد. اگرم میبینی بظاهر تملقت میکن و جلوت

به سجده میافتن ، برای اینه که ازت میترسن . اما همه تو دلشون بت صد تا بد و بیراه میگن . آدمیزاد جونور عجیبیه . زبونم لال . خیلی دارم پُر میگم . توبه ، توبه . استغفرالله ربی و اتوب الیه . خدایا به بخش . من هزار تا گناه تو این دنیا هس که ازم سرزده . اما مثه اینکه تا امروز بلد نبودم با تو حرف بزنم . هرچند ، هرروز تو نماز با تو حرف میزنم ؛ اما نمیتونم اونجوری که دلم میخواد با تو حرف بزنم . برای اینکه بزبون عربی حرف میزنم وهیچ معنی اونای‌رو که میگم نمی‌فهمم. چه خوب‌بود که می‌تونسّم با همین زبون راسّه حسینی بات درد دل کنم. اما بمن گفته بودن همه اینها تو نماز هس . منم چاره نداشتم . اما هیچ وخت نماز منو راضی نمیکنه . خودم نمیدونم اون تو چی میگم، در حالیکه خیلی گفتنی دارم . میدونم خیلی چیزها هس که میخوام بتو بگم که تو نماز نیس . یه کوه از گناه رو دلم سنگینی میکنه . چرا تو باید فقط زبون عربی سرت بشه ؟ ای خدای بزرگ ، بذار تا با زبون خودم با تو حرف بزنم . خیلی حرف دارم که میخوام با تو ، تو این دنیا بزنم . شاید تو اون یکی دنیا فرصت نباشه که

حرفامو بزنم. با اونهمه جمعیتِ روز محشر که آفتاب تارو فرق سرآدم پائین میاد ، کی بکید و آدم چه جوری میتونه حرفاشو بزنه . کاشکی اونجا با یه زبون دیگه حرف بزنی که از عربی سخت‌تر باشه و ما یه‌کلمشو نفهمیم . ریش و قیچی که همیشه دسّ خودت بوده . شایدم بعداز مرگم قوه تشخیصم نابود بشه و نتونم از خودم دفاع کنم . بذار تا زنده هسّم حرفامو بزنم . حالا که قراره تموم شکنجه‌ها توهمین دنیا باشه،چرا محاکمه وسئوال وجوابمون باید تو یه‌دنیای دیگه باشه؟ خدایامنو بد بخش. من نمیتونم چیزی که تو دلم هسّ ازتو پنهون کنم وبزبونم نیارم. مگه نه اینه که تو ازتد دل ماخبرداری؟ هرقدعمرآدم زیادباشه گناهاشم بیشترمیشد. من‌بگناه عادت کردم، هر گناهی که میکردم جری‌ترمیشدم. وختی می بینم تـو این دنیا اونهمه ظلم و بی عـدالتی میشد زبونم لال همشو از چشم تومی‌بینم. دلم میخواسّ تو بدکاری میکردی که اینهمه بدی از مردم سر نزنه . بدی مثه یـه زنجیر توگردن تموم آدما بسّه شده و همه در بدی کردن بهمدیگه کمك میکنن . با اینهمه پیغمبرا که فرسّادی ، چرا بـاید روز بروز بدی بخوبی بچربد؟ اگـه تـو هسّی ،

شیطونم هس وهمیشه باتو جنگ و دعوا داره. چرا درستش کردی؟ من حالا تو گورخودم خوابیدم و میدونم که نمیتونم از مرگ فرار بکنم. سرنوشتم دس توه. اما اینو میدونم که هرجنگی میشه و هرخونی که ریخته میشه و هرقحطی و مرضی که میاد باعث وبانیش خود توهسّی. من هر گناهی کردم خواس تو بوده. ما شریك گناه همدیگه بودیم. همون آدمای که من بفرمون شازده کشتم تو تو قتل یکی یکیشون بامن شریك بودی. اگه اون دختریه نا کومهونامراد آبسّن شد، توهم توش شریك بودی. نطفه اون بچه حرومزاده رو من وتو باهم بسّیم. چطوره که شیطون میتونه تو تخم نه بسم‌الله باما شریك بشه، اما تو نمیتونی؟ تو که نباس دس کمی ازاو داشته باشی. ای‌خدا اگه این‌حرفای من از روی نافهمیه، منو برای نافهمی و گمراهیم ببخش. اگه از روفهمه وحق بامنه، دیگه نباید عذابی دنبال داشته باشه. عذاب و جهنم تو واین دنیابود. خیلی کشیدم. زندگی خودش سرتاپا شکنجه بود. من بحساب خودم یه ثوابای کردم که میگن تو قبولشون داری. نماز خوندم، روزه گرفتم، مکه رفتم، خرج دادم، اما من خودم اونارو قبول ندارم. یه کوه هم

گناه دارم که همش تو رودوش من انداختی . من مجبور مجبور بودم . تو خودت منو اینجوری ساخته بودی و راه گریز نبود . آخه چه جور فقط بامید بخشندگی تو میشه باون دنیا رفت ؟من حالا از این ببعد میخوام یه ثوابای بکنم که خودم قبولشون داشته باشم . من حالا میفهمم تو از همه کس بما نزدیکتری، برای اینکه من این حرفهامو بهیچکس دیگه نمیتونم بزنم . حالا خوب میدونم چکار کنم . باید با دل راحت از این دنیا برم . خیلی بد زندگی کردم . تموم عمرم مزه رحم وانسونیت رو نچشیدم. با زن وبچه‌هام رفتارم مثه حیوون بوده . اما امروز تواین قبر روشن شدم ؛ وبرای بار اول تموم بدیام جلو چشمم اومد . همش فکر پول جمع کردن بودم . اگه بخوای بدونی من چقده پست و رذل بودم ، یه وختا بود که خبر داشتم پسرم محسن و بچه‌هاش برای نون شب محتاج بودن ومن عین خیالم نبود. همین حاجیه خانم که گیسشو تو خونیه من سفید کرد و نه تا شکم زائید همیشه چزو ندمش واشکشو روصورتش دووندم. بدیام حدّ و حساب نداره. لابد همداش را تونوشتی واز شون خبرداری. اما از امروز میخوام زندگیمو عوض کنم . همین حالا که

از اینجا رفتم ، راه براه میرم پیش زنم ودس‌ٌ و پاشو ماچ میکنم و عذر گذشته رو میخوام و بعدم بچه‌هامو جمع میکنم واز همشون دلجوئی میکنم . بحساب دارائیم میرسم و باهمین دارائی که هرپولش ازجائی کلاه کلاه شده ، مدرسه میسازم ، مریضخونه‌میسازم، مسجد، نه . مسجد ، نه، مسجد خیلی‌هس‌ٌ: بیخودی‌همه جا ُکله بُکله مسجد هس‌ٌ . مسجد نمیسازم. اونوخت براشون موقوفه دُرُس میکنم. بعد هرچی مونده میون بچه‌هام ونوکرام تخس‌میکنم. چن پارچه‌آبادی هم میون رعیتام قسمت میکنم. این خونیه سرآب سرداری واسیه مریضخونه جون میده . خودمم یه گوشه‌ای میشینم‌تا روزی که تو ازم راضی بشی . همین کارو میکنم . یهٔ شاهی از این دارائی مال من نیس . اصلا چرا برای بچه‌هام ارث بذارم؟ مال من نیس که بخوام برای ورثه بذارم. خودشون چشمشون کورشه کار کنن زندگی کنن . همش منتظرن من بمیرم‌ارثمو بخورن. زهرمار بشون میدم.دیگه اینجام نمیام. بیام که چی؟ اصلا هیچ کار دُرُسی نبود که این گنبد و بارگاهم مثه قبر یزید واسیه خودم ساختم و خودمو مسخره کردم . این چکاری بود کردم ؟ »

سبك شده بود . شوق هرگز ندیده‌ای تو دلش جوانه زده بود. پس‌از یك عمر کور باطنی‌فکر تازه وراضی کننده‌ای تو سرش سبز شده بود و زود نهالش داشت بارور میشد .

برای پاشدن و ایستادن تو گور کوشش زیادی لازم نبود. باچهره گشاده رو پایش ایستاد. دیواره گور یك سر و گردن از خودش بلند تر بود . هوا تاریك شده بود . دو دستش را بدولبه گور گذاشت و کوشید تا رو دستهایش بلند شود و جاپائی در دو سوی دیوار گور برای خود بیابد، اما تنش لخت و سنگین بودو دستهایش تاب سنگینیش رانیاورد پاهایش کف قبر لحیم شده بود . سردش شده بود .

ناگهان دستهایش لرزیدن گرفت و ساق پاهایش تا کشاله رانش منجمد شد . چند بار کوشید که خودش را از گودال بیرون بکشد . نوك انگشتان دستش زخم شد و خون افتاد. درونش یخ زد و تو نافش پیچ‌خورد و دلش آشوب افتاد .

شری خون یخ زده تو سرش لیزخورد ودرد توانکشی بدچپ سینداش دوید. سردی شوم مرده‌ای از درون بدماغش ریخت و فکرش کرخت شد . خواست داد بزند و داد زد و صدایش توسرش پیچید و توگلویش خونابد بست . دستهای

خونینش از لبه دیوار گور کنده شده و لخت به پهلوهاش افتاد وهمزمان با آن زانوهایش تاشد و کمرش ترك برداشت و دلش کنده شد و بدرونش ول شد و دانست مرده است و هیکلش لنگر برداشت و چرخ خورد و به پشت ته گور در غلتید . و چشمان بطاق افتاده‌اش به چشمان بیم دریده خان ناظرچفت شده بود و توسرش میگذشت: « منو ازاینجا ببر، من‌زنده‌هستم.» وخان ناظر تو گور ر کوع رفته‌بود ومیگفت لااله‌الی‌الله وبر گردان‌نورجان به‌پشت‌چراغهای‌پرا کنده‌صحن امامزاده بدرون پنجره‌ها خلیده بود وسایه مسلول میله های زندان گور ، رو کف مقبره‌خون قی میکرد .

هذران

دو تن به از یك تن‌اند . زیرا پاداش نیکوئی برای رنجشان خواهند یافت .

چون هرگاه یکی از پـای افتد دیگری وی را برپای بدارد :

اما وای برآنکه تنهاافتد ، زیراکسی رانخواهد داشت‌که در برخاستن وی را یاری دهد .

تورات : آیات ۹ و ۱۰ از باب چهارم کتاب جامعه

ترجمه نویسنده از متن انگلیسی

دو گرگ ، گرسنه و سرما زده ، در گرگ و میش از کوه سرازیر شدند و به دشت رسیدند . برفِ سنگینِ ستمگر دشت را پوشانده بود . غبار کولاک هوا را درهم میکوبید. پستی و بلندی زیر برف در غلتیده و له شده بود . گرسنه و فرسوده ، آن دو گرگ در برف یله میشدند و از زور گرسنگی پوزه در برف فرو میبردند و زبان را در برف میراندند و با آروارههای لرزان برف را میخائیدند .

جا پای گود و تاریک گله آهـوانِ از پیش رفته ، همچون سیاهدانه بر برف پاشیده بود و استخوانهای سر و پا

ودنده کوچندگان فرومانده پیش‌از زیربرف بیرون‌جسته. آن دو نمیدانستند بکجا میروند : از توان شده بودنـد .

تازیانه کولاك وسرما و گرسنگی آنهارا پیش‌میراند. بوران نمیبرید . گرسنگی درونشان را خشکانده‌بود وسیلی کولاك آرواره‌هایشانرا به‌لرز انداخته بود . بهم تنه میزدند و از هم باز میشدند و در چاله میافتادند و در موج برف و کولاك سرگردان بودند و بیابان بپایان نمیرسید .

رفتند ورفتند تا رسیدند پای‌بید ریشه اززمین جسته کنده سوخته‌ای در فغان خویش پنجه استخوانی بآسمان برافراشته . پای یکی دربرف فرو شد و تن برپاهای ناتوان لرزید و تاب‌خورد و سنگین و زنجیر شده برجای واماند . همره او ، شتابان و آزمند پیشش ایستاد و جا پای استواری برسنگی بزیربرف برای خود جست و یافت وچشم ازهمره فرومانده برنگرفت .

همره‌وامانده ترسید ولرزید وچشمانش خفت وبیدار شد و تمام نیرویش در چشمان بی‌فروغش گرد آمد و دیـده از همره پرشره برنگرفت و یارای آنکه گامی فراتر نهد نداشت. ناگهان نگاهش‌لرزید و ازدید گریخت و زیرجوش

همراه

نگاه همره خویش درماند. پاهایش برهم چین شد و افتاد .

وانکه برپای بود ، پرشره و آزمند ، برچهری که زمانی نگاه در آن آشیان داشت خیره ماند . اکنون دیگر آن چشم و چهر برزمین برف پوش خفته بود . وهمره تشنه بخون ، امیدوار ، زوزه گرسنه لرزانی از میان دندان بیرون داد .

وانکه برپای نبود ، کوشید تا کمر راست کند . موی برتنش زیر آزد برف موج خورد و لرزید و در برف فروتر شد . دهانش بازماند و نگاه در دیدگانش بمرد .

وانکه برپای بود ، دهان خشك بگشود و لثه نیلی بنمود ودندانهای زنگ شره خورده بگلوی همره درمانده فرو برد و خون فسرده از درون رگهایش مکید و برفِ سفیدِ پوكِ خشك ، برفِ خونینِ پرِ شاداب گشت .

عروسکِ فروش

کسی چنان برف سنگین و سرمای سرسام‌آوری را در پائیز بیاد نداشت . شامگاه بود که ناگهان سوز گزنده‌ای توگوشها سوت کشید و دنبالش ، در اندك زمانی، دل آسمان گرفت و ابرسفیدی که کم کم خاکستری شد، چاله چوله‌های نیلی آسمان را پر کرد وهنوزشب به‌نیمه نرسیده بود که شهر زیر پلاس برف بخواب رفت .

پسرك توله سگ حنائی چاقالوئی گرفته بود توبغلش و در آغوش هم تو درگاهی کم عمق خانه ای که بالکنی رویش سقف کشیده بود ازخودبیخود شده بودند . هیچکدام

خواب نبودند، درحال غش بودند ــ غشی که سرما و گرسنگی بآنها داده بود . توله تو بغل پسرك بود و سر پسرك رو پشت او افتاده بود . زیر گلوی گـرم توله رو ساعـد پسرك بود و انگشتان کرخت پسرك لای موهای توله فروشده بود . کز کرده بودند و تو هم مچاله شده بودند .

چون پلیس گشت شب دست سنگینِ دستکش پوشِ خود را رو شانه پسرك گذاشت و تکانش داد، پسرك هراسان از جاش پرید و از زیر بـد هیکل سیاه و گنده و شولا پیچ پلیس، که برسرش سنگینی میکرد نگاه کرد و نالید :

« سرکار بخدا من کاری نکردم ؛ جا نداشتم اومـدم اینجا خوابیدم که ُصب بشه پاشم برم دنبال کارم . »

« این چیه تو دومنت ؟ » پلیس گفت و بخار پرپشت کلماتش را توچهره پسرك فی کرد .

« این هیچی نیس . یه توله سگه . میخواستم فردا ببرم برفوشمش.میگن دولت سگ میخره؛ دوتومن میخره. »

« پاشو برو یه گورسون دیگه . زود باش گـور تو گم کن ! »

توله سگ با یك خیز از تو دامـن او جهید پائین ؛

خواب زده ولرزان رو برفها جا گرفت . برف پر پشت کف خیابان زیر پایش خالی میشد و در میرفت و نمیتوانست جا پای استواری بیابد . سر جایش وول میزد و پا بپا میشد و خودش را تکان میداد و چکه های برف چندش آور را از روتن و سر و گوش خود بهوا میپرا کند و زوزه میکشید.

پسرك نام بخصوصی نداشت. جعفر، جواد، اکبر، علی، همه را صداش میکردند . پرویز بورهم صداش می کردند؛ چون موهای‌سرش ومژ گانش‌سرخ زنجبیلی بودوچشما نش‌زاغ و پوستش سفید بود. میگفتند مادرش روسبی بوده و پدرش یك سرباز آمریکائی یا انگلیسی یا لهستانی یا روسی زمان جنگ بوده . شناسنامه نداشت ؛ امـا در دفتر دار التادیب زندان اسمش «حسن‌خونه ِتخی» ضبط شده‌بود واین اسم روش مانده بود. برای اینکه درآفتابه دزدی ودله دزدی های‌ترو چسب تانداشت و گاه میشد که بیك چشم‌برهم‌زدن دَرِ نیمه باز خانه‌ای را هُل‌میداد ومیپرید تو وهرچه بدستش میرسید برمیداشت و درمیرفت . خانـداش یا تو زندان بود یا تـو کوچه ها و زمستانها در اهواز وتابستانها درتهران . دریـن سیزده چهارده سالی که ازش‌می گذشت پدرومادر وقوم‌خویشی

برای خود ندیده و نشناخته بود .

پلیس گشت ولش کرد و رفت . پسرك جابجا شد . تنش کوفته و کرخت بود . هیچوقت در عمرش آنقدر برف ندیده بود . دنیا سفید بود . «سرشب که خبری نبود ؛ چطو شد که یهو اینقده برف اومد و اینقده هوا سرد شد . بچه‌ها امشب کجاهسّن؟ باهاس هرجوریه فردا خودمو به قطار بزنم برم اهواز. هیچ معلوم نبود باین زودی هوا اینقده سرد بشه.»

خیابان خلوت بود . بدانه های برفی که دور و ور چراغهای خیابان میریخت نگاه کرد. رو سیم‌های برق برف نشسته بود . رو سر تیرهای سیمانی برق ، هریك یك کله‌قند برف نشسته بود . کناره پیاده روها و گودی جویها و کف خیابان باهم یکی شده بودند . کولاك ، خیابان و درختهای لخت را برقص در آورده بود . رو تنه‌کلفت چنارها وصلـه برف نشسته بود . هوای خشمگین بـرفی بدنش را بلـرزه انداخته بود ودلش بیش‌از همیشه ازدوست وخویش تهی بود. یادتوله سگش افتاد. دیدش که پائین پله در گاهی قوز کرده بود وسرش بجلوش‌خم شده بود ومیلرزید ورو زمین بومیکشید.

تنش تو بلوز نظامی گل و گشادش لیز خورد و پای

لمسش تکان برداشت و پاشد راه افتاد .

نمیدانست بکجا، اما براه افتاد. تا بالای زانوهاش تو برف چال میشد . برف بسر رخ سیاه شب سفید آب مالیده بود. گالش‌های ِ گل و گشادش که از لاستیک قرمز توئی اتومبیل آپارات شده‌بود، از پایش بیرون می‌آمد و تو برف میماند . لق‌لق میزد وتعادلش کم می‌شد . پیاده رو، تنها و تهی جلوش دهن گشوده بود. توله سگ بدنبالش روبرف تلوتلو میخورد.

یك لنگه گالشش تو برف ماند و برگشت آنرا یافت و لنگه دیگرش را هم ازپادرآورد وآنها را گرفت زیر بغلش. آسانتر راه می‌رفت . دیگر انگشتان پایش سرما را حس نمیکرد. دوید. رو سرش و شانه‌هایش ازبرف سفید شده‌بود. هراز گاهی،اتومبیل خوابزده‌ای ناله کنان تو خیابان خودش را کج کج رو برفها می کشید ودور میشد . درونش تهی بود و تو تیره پشتش و تو پهلوهاش لرز افتاده بود. از گرسنگی دلش مالش میرفت . تو شقیقه هاش می کوبید و میخواست بالا بیاورد . دهنش تلخ وخشك و بوبناك بود. بوی باز مانده تبی که در دهن مرده حبس شده بود میداد .

بامداد ، آفتاب زور میزد تا ازپشت ابرها بیرون بجهد ،

اما ابرها سفت و سخت جلوش را گرفته بودند . جای تاول خورشید ، مرده نوری به بیرون‌ها میکرد . برف ریزوتنك وتند بود . مردم تو کوچه و خیابان ولو شده بودند. گاریها و درشکه‌ها ودوچرخه‌ها تو کوچه پرسه میزدند. تولدسگ دنبالش‌میدوید و کوشش داشت از پسرك عقب نماند. بر گشت نگاهش کرد و گفت: «من تورو نمیرفوشمت. میخوان زهرت بدن بکشنت . تو از خود من گشنه‌تری .آخرش یه چیزی پیدا میکنیم هردومون باهم میخوریم . »

ایستاد و دوباره گالشهاش را بپاش کرد و راه افتاد. دستهایش را زیر چاله بغلش فرو برده بود . قوز کرده بود و میلرزید و دندانهایش بهم میخورد وچهره‌اش چرك وموهای سرخش رو فرق سرش خمیر شده بود .

جلو یك دکان‌کله پزی ایستاد . بوی‌چرب و گرم کله‌ـ پاچه مستش کرده بود . رفت جلو و باتهورِ بیم خورده‌ای به کله پز گفت : « میخواین برفای جلو دکونو بروفم ؟ اگه یه‌پاروئی،چیزی داشته باشین تموم برفارو میریزم تو جوب.»

صدای کلفت‌کله پز گوشش وجانش را آزرد: « بروبچه پی‌کارت بذار کسبمونو بکنیم .»

پسرك باز گفت : « به به یه تیکه استخون بدین بایـن سگم . خدا عمرتون بده . بخدا خیلی گشنشه . »

سر و کله توله میلرزید و بوی غلیظ کله پاچه‌را که دورو ورش توهوا لنگر انداخته بـود میبلعید و زبانش پی در پی دور دهنش می‌چرخید .

دست‌کله پز بالای سینی کله پاچه به پرواز آمد ویك قلم پاچه سفید و براق برداشت و روزمین پرت کرد .

استخوان بـرف را شکافت و درون آن نشست . پسرك دنبال استخوان دوید . و توله دنبال استخوان دویـد . پسرك خودش را انداخت رو استخوان و آنـرا قاپید و توله سگ جای آنرا تو برف بو کشید و لیس زد . پسرك راست ایستاد و استخوان را لیسید . میان استخوان سخت وبرّاق وبی‌نمك بود وخشك بود و دندانهای پسرك روش لیزمیخورد . طرفین آن که جای مفصل بود، نرم و سوراخ سوراخ‌بود و از آنجا بود که بوی اشتها آور گوشت بلند بود. سر توله رو گردنش میچرخید وپره‌های دماغش بازوبسته می‌شد و زبان کوچك گلیش ازدهنش بیرون افتاده‌بود وآب ازش‌میچکید. ورجه ورجه میکرد و دم تکان میداد . دندانهای تیزپسرك چندجای

مفصل استخوان را خراشید . آنرا لیسید و بویش را هورت کشید و سپس با دلخوری آنرا جلو توله سگ پرت کرد . کله پز ازپشت پیشخوان بآنها نگاه میکرد و تسبیح چرکش را تو دستش میگرداند .

بعد پسرك به سنگکی بغل کله‌پزی سری کشید . نانهای داغی که رو منبر خوابیده بودند دل اورا به ضعف کشاند . فوران سوزان کوره تنور نانوائی او را بخود کشید . آنجا گرم بود وبوی داغ نان هوارا فراگرفته‌بود. چند تا ریگ داغ از کف دکان برداشت و تو دستهای خود مالید . قوز کرده بود. شانه‌هایش ودندانهایش میلرزید. نگاه پراشتهای دردناکش بآنکه پای ترازو نشسته بود وآنهائیکه میان دکان بانتظار نان گردن کشیده بودند چیزی نگفت . دور و ور خودش رو زمین نگاه کرد . حتی یك کناره نان‌هم رو زمین ندید که آنرا بر دارد نیش بکشد .

کف زمین پر از ریگ های داغ و ولرم بود و او روی‌آنها پابپا میشد. رفت بسوی ترازودار و با صدای گریه گرفته‌ای گفت :

« محض رضای خدا یه تکه نون بده بخورم . »

ترازودار تو شکمش واسرنگ رفت: « میری گورتو گم کنی یادلت کتك میخواد ؟»

پسرك باز گفت : » هرچی میخوای کتکم بزن . اما یه پاره نون بده بخورم .»

تراززو دارخیز برداشت که ازپشت ترازو بسوی‌پسرك برود . پسرك بیم خورده در رفت . توله‌اش‌دم دکان بانتظارش بو می کشید و دم تکان میداد .

خیلی راه رفته بود . از چند تا خیابان و بازارچـه گذشته بود . از گرسنگی نای راه رفتن نداشت . شب‌پیش هم مدتی دنبال نان دویده بود وچیزی گیر نیاورده بود . دم عرق فروشی ها و ایستگاههای اتوبوس پرسه زده بود و از مردم کمك خواسته بود و چیزی گیر نیاورده بود و رفته بود توآن در گاهی خانه ، در آغوش سرما و توله سگش بیخود شده بود . و حالا هم دنبال یك چیزی میگشت که شکم به پشت چسبیده اش را با آن متورم کند و معده و روده هـای خفته را بیدارسازد . همچنانکه انگشتانش را زیر چاله‌بغلش گرم می کردچشمانش رو زمین دنبال دهن گیره‌ای میگشت.

مردك درشت اندامی‌داشت ازتوی یك چرخ بارخالی

میکرد : تره بارومیوه. جعبه های پرتقال و سیب و جوالهای سبزی وکلم وکاهووهویج و ترب‌سیاه. پسرك پیش‌چرخ‌درنگ کرد.مفش که رولبش سرازیر شده بود بالا کشید وچشمانش ازروی چرخ بدکان می‌دوید ودر دکان، روآنهمه میوه درنگ میکرد و باز به‌چرخ برمیگشت رو مرد درشت اندام .رفت پیش مردك درشت اندام و گفت : «آقا کمك نمیخواین ؟ اگه بخواین منم کمکتون کنم .»

مرد درشت اندام چیزی نگفت . اوقاتش تلخ بود . یك بار بغل زد ورفت گذاشت‌تو دکان و بر گشت پیش چرخ. پسرك باز گفت : «آقا منم یکی بیارم ؟»

ناگهان مرد درشت اندام‌پرید وپشت گردن اورا گرفت ومحکم او را رو زمین پرت کرد . دستهـای پسرك از زیر چاله‌های بغلش بیرون افتاد و تنش تو برف نشست . تولداش جلوش سرودم تکان می‌داد و وق میزد .

از دکان میوه فروش خیلی دور شده بود . سینه کش خیابانی خلوت عده‌ای دور یك چیزی جمع شده بودنـد . پسرك خودش را قاتی‌جمعیت کرد.دید درمیان مردم پسر کی بسن و سال خودش مچاله به پهلو رو زمین افتاده وزانوهایش

و دستهایش تو شمکش خشك شده بود و چشمانش دریده بود وپاهایش برهنه بود و تنش برف پوش شده بود . یك پاسبان درجه دارهم که دو تا هشت رو بازوهاش دهن دره میکردند آنجا ایستاده بود وامرونهی میکرد وآدم از پزشکی قانونی آنجا بود و نمـاینده دادستان آنجـا بود و آمبولانس کفن پوش پزشکی قانونی آنجا بود که راننده اش توش نشسته بـود و یك لبوی گنده داغ نیش میکشید و مردم همهمه میکردند:

ـ « نه بابا ، اینکه معلومه کسی نکشتتش . سرما خشکش کرده . »

ـ « کسی چه میدونه؟ گاسم یه جای دیگه کشته باشنش وآورده باشن اینجا انداخته باشنش . »

ـ « کیه که بایه همچو آدمای دشمنی داشته باشه ؟ »

ـ « همون خداشون. یه جَنمای توشون پیدا میشه که همون خدا خودش میشناسدشون . »

ـ « بابا اگه میخواین حالاحالا بذازینش اینجاخدارو خوش نمیاد : پاهاشو رو بقبله کنین . »

ـ « آره بابا اینجور که نمیشه . یه لُنگی ، چیزی بندازین روش که سرما نخوره . »

ـ «گاسم هنوز جون داشته باشد.»

ـ «آره تو بمیری. ازحالا کرما دارن میخورنش.»

ـ «این مال حالا نیس. خیلی وخته فلنگو بسّه. نصبه های شب عزرائیل باش چاق سلومتی کرده.»

ـ«بالاخره مرده و اول باید هویتش معلوم بشه.»

ـ«هویت چی با. اینکه معلومه بی فك و فامیله.»

پاسبان دادزد: «آقایون برین.وانسّین.خلوت کنین... هیشکی نبود که اینو بشناسدش؟»

دور مرده مقداری پول خرد روبرفها ولو بود. هنوز هم جمعیت تك و توك پول خرد بسوی مرده میانداختند.

پسرك رفت بطرف مرده وبالای سرش ایستاد وباونگاه کرد. بعد روزمین نشست وبجمع آوری پولهای خردپرداخت. توله سگ رفت سرو صورت مرده را بو کشید و اوراليسيد. پاسبان لگد قايمی تو شکم توله زد وانداختش آنطرف. وق توله بلند شد و خودش را از میان جمعیت کنار کشید.

بعد پلیس پسرك را چسبید و از رو زمین بلندش کرد که چکاره است که آمده پولها را جمع میکند و پسرك گفت که هیچکاره است و بیچاره و گرسنه است و میخواهد

با پولها برای خودش لقمه نانی بخرد واینکه مرده رفیق او بوده و اسمش عباس پلنگ بوده ولات و بیکاره بوده .

پلیس فوری مچش را گرفت و پولها را از چنگش بیرون آورد و ریخت رو زمین و پسرك را انداخت جلو و بردش بکلانتری وتوله سگ،شاد و سبکسر،دنبالشان دوید.

تنگ غروب که از کلانتری آمد بیرون باز برف میبارید. دنبال تولداش گشت آنجا نبود. غصداش شد . بار غم رو گرسنگی درونش سنگینی‌انداخت . ظهر تو کلانتری دیده بود که یك سینی‌پروپیمان چلو کباب ودوغ و نان پیاز و سبزی خوردن و ترشی برای افسر نگهبان آورده بودند و او نشسته بود و جلو چشم او همه را خورده بود و او چهار چشمی او را پائیده بودو ته مانده سینی که چند ورقه نازك پیاز وچند تراشه سبزی و دوره نان بود ، شاگرد چلوئی مثل اجل معلق آمده بود و آنها را جمع وجور کرده بود و برده بود و تن او عرق سرد نشسته بود و سرش گیج رفته بود و گلویش خشك شده بود و درد بسرش نشسته بود . حالا هم گرسنگی به تنش مور مور انداخته بود و تو تنش پوك بود وچشمانش سیاهی می‌رفت .

تلو تلو خورد و با خودش گفت : « تا نمردم برم یه چیزی پیدا کنم بخورم که دیگه نا ندارم. خیلی آدم باید دس‌ّ وپا ُچُلفتی باشد که تو شهر به این ولنگ و وازی از گشنگی بمیره . اما کجا برم؟ کی رو تو این شهر دارم که برم پیشش؟ برم یه خونه. تخی یه چیزی بزنم برم برفوشم. اگه امروز دیگه چیزی نخورم مثه عباسه فلنگو میبندم . اگه گیرم بیفتم دس‌ّ کم تو زندون، هم گرمتره ، هم‌آشی، چیزی پیدا میشد که بخورم از گشندای نمیرم . » باز دستهاش زیر چاله بغلش رفت و قوز کرد و لرز تنش و دندانهایش دور برداشت وصدای قرقرشکمش توتنش‌پیچید.

از تو خیابان به پس‌کوچه‌ای که نمیشناخت کشیده شد. در ودیوارهارا ورانداز میکرد و گاهی برمیگشت وپشت سرش‌را نگاه میکرد. پس کوچه خلوت بود . اما هرسیاهی آدمی که پیدا میشد از دیدن او دلخور میشد. پا هاش سست میشد . ناامید میشد . از آدم میترسید .

یك بازارچه کوچك تو سری خورده جلوش سبز شد که دکانهای نانوائی و آشی و کبابی و بقالـی در آن تنگ غروب سرد برو برو کارشان بود . بخار گرم و شیرینی که

از سینی لبو فروش بلند بود تو دماغش ولـو شد و سوزشی بیخ زبانش حس کرد و دهنش پر از آب شد. امـا آنچه دیوانه‌اش کرده بود بوی کباب بود ــ ابر چرب و پر پشت دود کبابی که توهوا لپر میزد. پسرك تا آنجا که ریه‌هایش جا داشت بوها را هورت کشید و بلعید وچشمانش آب افتاد و بیخ گلویش باز و بسته شد وآب تو دهنش فواره زد.

شاگرد کبابی پشت منقل کباب را باد میزد. دکان شلوق بود و لُپ‌های مشتریان که از لقمه‌های درشت آبستن بود داغ بدل پسرك گذاشته بود. رفت جلو و کله‌اش را رو منقل چرخاند و بخور چرب کباب را هورت کشید.

شاگرد کبابی خنده مسخره‌ای کرد و گفت: «رد شو بچه؛ خر داغ میکنن؟»

از بازارچه دور شده و تو کوچه های ناآشنا بپرسه افتاد. باز به ورانداز کردن درودیوارها و کوچه‌ها پرداخت. و باز از سایه و سیاهی مردمی که از پهلوش رد میشدند می‌هراسید. هنوز بوی چرب کباب را از خـودش میشنید. «اگه یه نصبه سیخ کباب و یه کف دس نون بمن میدادن چی میشد؟ لامسّبای ننه جِخی! مگه ما آدم نیسّیم؟»

از تو کوچه‌ای رد شد که خلوت بود و کوتاه بـود و یك‌تیر چراغ سیمانی که لامپ مفلوکی کلِ آن‌آویزان بود کمر کش کوچه کاشته شده بود. رو سرو شانه‌هاش بـرف نشسته بود ودلش کرخت شده بود. تو کوچه هیچکس‌نبود. خانه‌ها ، ردیف هم اسیر خاك بودند.

رفت پیش یکی از خانه‌ها. سرش نرم و با احتیاط رو گردنش چرخید و به پشت سر نگاه کرد و آنگاه در را آهسته هُل داد. در بسته بود و تکان نخورد. زود بر گشت میان کوچه و پنجره‌های خانه دَرِ بسته را دید زد. خانه خاموش بود و نوری از پنجره‌هایش به بیرون نمی‌تراوید.

«چه حیف. کاشکی عباسه زنده بود. این خونه‌های تاریك برای کار جون میدن. یه نفری نمیشه. باهاس یکی کشیك بکشه یکی بره تو.»

سپس دَرِ یك خانه دیگر را وارسی کرد. آنهم قرص وقایم بسته بود. یك در را ول کرد و دَرِ بعدی را هُل داد. نیش در واز شد و نور مرده کوچه تو راهرو تنگ‌وتاریك آن‌خلید. دلش خوش‌شد. تنش داغ شد وشقیقه‌هاش کوبش دیگر گرفت. زور گرسنگی درونش بر دلهره‌اش سنگینی

میکرد . از تو اتاق صدای رادیو بلند بود . چشمانش را بهم میزد کدزود باتاریکی راهرو آشتی کند. راهرو لخت و پتی بود. بی‌فرش بود . بدیوار، دنبال جا رختی گشت . اما دیوار سفید و تهی و پتی بود . «بد مسّب یه شلوار کهنه هم اینجا آویزون نیس. مثه اینکه امشب ما بکاهدون زدیم .» یك جفت دم پائی فزنات تو آستانه در خمیازه میکشید .

گوشه راهرو یك عروسك بزرگ نشسته بود و بدر کوچه نگاه میکرد . بی‌درنگ؛ مانند گربه‌ای تو راهرو خزید و عروسك را بغل زد . عروسك سبك بود و رخت تنش بود. آنرا بهسینه‌اش فشرد و بسوی در کوچه بر گشت. ناگهان عروسك داد زد ؛ « پاپا ، ماما » .

تو مهره‌های پشت پسرك تیر کشید وسوزش زهرناکی نوك زبانش را گاز گرفت . خواست عروسك را بزمین پرت کند و فرار کند، که میان کوچه رسیده بود وآنجا یکبار دیگر عروسك گفت : «پاپا ، ماما» واو پا گذاشت بفرار .

دوان ، از سر کوچه گذشت و زمانی‌تو خیابان دوید تا رسید زیرسقف بالکنی وآنجا ایستاد وعروسك را وارسی کرد . عروسك از لاستیك بود . یك بچه ُلپ قرمز چاقالو

بود که رخت تنش بود و مـوی زرینی رو پیشانیش خوابیده بود و مژگان سیاه‌بلند و چشمان کبود لرزان داشت که باز و بسته میشد ودهن نیم خندانی داشت که دو تا دندان، مثل دندانهای خرگوش از میانش به بیرون تُك زده بود .

پسرك بسرو روی عروسك دست کشید . چندبار دست و پای آنرا چرخاند و جا بجا کرد . ازش خوشش‌آمده‌بود. همه‌جای آنرا فشار میداد . میخواست ببیند از کجاش صدا بیرون‌میزند .سرش را چرخاند، دید میچرخد و بشانه‌هایش و پشت سرش نگاه میکند . مژه‌هایش را لمس کرد . به موهایش دست کشید . دامن پیراهنش را بالازد وبه‌تنکه‌اش نگاه کرد. روسینه‌اش را که زور دادناگهان عروسك گفت: «پاپا،ماما». باز روسینه‌اش‌را زورداد وبازعروسك حرف زد و گفت « پاپا ، ماما » . پسرك ذوق کرد . « چقد میخرنش ؟ ده تومن ؟ حرف میزنه ! تو حرفم میزنی؟ چی میگی ؟ پاپا چیه ؟ ماما چیه ؟ دیگه چی بلدی بگی ؟ بازم برام حرف بزن . امروز چی خوردی ؟ تو که حرف میزنی ، تو که میخوابی، باید حتماً چیزم بخوری . » باز سینه‌آن را فشار داد و عروسك گفت : «پاپا ، ماما» .

راه افتاد . عروسك را زیر بغلش زده بود . « برم تو خیابونای بالای شهر ؛ اونجا بهتر میتونم برفوشمش .»

آقای نونواری که سرش تو یقه‌کلفت پالتوش فرورفته بود و چتر روسرش گرفته بود جلوش سبز شد .

« آقا یه عروسك ِ فروشی داریم نمیخواین؟ » سر آقا از تو یقه کلفت پالتو بیرون نیامد . زبانش تو دهنش یخ بسته بود . سایه‌های او و پسرك روهم افتادند و سپس از هم گریختند .

پسرك جلوچندتا دکان رسید. دریك بقالی را هل داد وداد زد : «یه عروسك ِ فروشی!».دکاندار آنطرف پیشخوان روچهار پایه‌ای نشسته بود و بروزنامه نگاه میکرد. نورچراغ مهتابی چشم پسرك‌را خست . خاموشی دکان ناچارش ساخت که اینبار آهسته‌تر بگوید« یه‌عروسك ِ فروشی.».دکاندار سر را از روزنامه برداشت و نگاهش کرد و آرام گفت : « نمیخوام . برو بیرون درو ببند .» چشمان پسرك از روی یك کپه نان سفید که روی پیشخوان تل انبار شده بود بد شیشه پر و پیمان پسته ای که پهلونانها بود دوید و پس پس بیرون رفت و در را بست .

توخیابان جلو زن فربهی که نفس زنان تو برفها پارو میکشید گرفت و گفت :

« خانوم یه عروسکِ فروشی . » زنك سرش داد زد : « برو گمشو! نزّیك بود ُسر بخورم . این نصب شبی کسی عروسك میخواد ؟ » .

پسرك از پیشش کنار رفت و بغلش راه افتاد و راست توچهره زن نگاه میکرد . « بخرین خانوم ارزونه . هرچی میخواین بدین . میخوابه . بیدار میشه . حرفم میزنه . » آنوقت هولکی تو سینه عروسك فشار داد و عروسك نگفت پاپا ، ماما و پسرك دلخور شد و سرجاش ایستاد و اندام سیاه و سنگین زن رو برفها لغزید و دور شد . سپس چشمانش‌را اززن بر گرفت وبچهره عروسك دوخت . بعد قایم روسینداش فشار داد و عروسك جیغ کشید : «پاپا ، ماما ».

آنرا قلمدوش کرد و با جان کندن برف له های میان خیابان‌را شلپ شلوپ کرد ورفت به پیاده رو دیگر. عروسك را پشت گردن خود نشانده بود ودوقلم پای آنرا تو مشت‌های یخ و کرخت خود میفشرد و رودار داد میزد: « یه عروسكِ فروشی ، دختر شاه پریونه ، میخوابه ، بیدار میشه ، حرف

میزنه . آی یه عروسكِ فروشی داریم !»

صدای خودش بگوشش بیگانه بود . خودش و صداش و عروسکش میلرزیدند . دانه‌های درشت برف ، مه سرخ شامگاه را میشکافت و برشهر میریخت . خیابان از سیاهی آدم و اتومبیل خط خطی میشد . ناله تَرَكْ خورده « یه عروسكِ فروشی» از دهنش بیرون میریخت و پیش پایش تو برف نوب میشد . پاهایش را بزور از تو کُندِ برف بیرون میآورد و هرپائی را که جلو میگذاشت سبك تو برف می - خوابید و سنگین بیدار میشد .

خودش را بسینه دیواری کشانید ورسیده نرسیده پشتش را بآن تکیه داد . پاهاش خود بخود چین شد و رو زمین نشاندش . عروسك افتاد بغلش و همانطور که افتاد بآن دست نزد . چنگالش را تو برف فرو برد و یك مشت برف برداشت و گاز زد و جوید و قورت داد و تف کرد . دیگر نتوانست انگشتانش را تو چاله بغلش قایم کند .

چشمانش هم رفت و نیشتر سرمای تازه ای تو رگ و پیش خلید . دستهایش لَخت بغلش افتاد . تنش از تو سرد میشد ، و دلش آهسته‌آهسته بخواب میرفت . خوابش گرفته

بود. تلاش میکرد سرش را رو گردنش راست نگهدارد؛ اما چنان سنگین شده‌بود که تن نمیتوانست آنرا برخود بگیرد. لرزی شدید براندامش نشست وبزاق کف‌آلود ِ کش‌داری از دهنش بیرون زد.

بامداد دیگرهنوز برف میآمد. چرخ اتومبیل‌های جن زده،مارپیچ های کلفت ِ گل‌آلود را تو برفهای لهیده‌خیابان می‌کاشتند وصدای بوقهای‌نم کشیده‌آنها‌همراه‌باناله‌موتورشان هوارا میخراشید. روشنائی مرده روز به نور افسرده چراغ‌های هنوز روشن ِ خیابان دهن‌کجی میکرد.

سینه‌کش دیوار خیابان عده‌ای دوریك چیزی جمع شده بودند که پسرك ُکنجله شده‌ای بود که‌روش برف گرفته بود و چندتا سکه دور و ورش رو برف پخش بود و یك عروسك ِ برف پوش با چهره خندان و چشمان بسته بغلش خوابیده بود و مردم به تماشا ایستاده بودند.

رودار : گفتار شیرازی برای پی‌در پی و پیوسته .

یک شب بیخوابی

ه رد تــو رختخوابش غلت میزد وخوابش نمیبرد ،
برای اینکه ونگ ونگ توله سگهای تو خرابه قاتی خوابش شده بود و تو سرش ُزق ُزق میکرد . خودش دیده بود که چگونه مادر آنها ظهر روز پیش زیر ماشین رفته بود و لاشه خون آلودش را تو خرابه‌ای که خانه‌اش بود و بچه‌هایش‌را همانجا زائیده بود انداخته بودند و حالا ِزر و ِزر آنها تو سرش را میخراشید .

« دیگه اینا چه جور زنـده میمونن ؟ گنده نیسّن کد آدم یه خرده لثه و آشخال از دم دکــون قصابی بخره

بندازه جلوشون . دو روزه هسّن وهنوز چشاشون واز نشده. شیر خوره هسّن . اگه آدم بخواد بزرگشون کنه باید با پسّونك شیر دهنشون بذاره . من اگه این کارو بکنم تموم اهل محل تف و لعنتم میکنن . حالام تف و لعنتم میکنن . برای اینکه چل پنجاه سال ازسنم میگذره هنوز زن‌نگرفتم وکلفت و نوکر تو خونم راه نمیدم . زن بگیرم برای چی؟ تخم و ترکه راه بندازم برای چی ؟ کـه فردا همینجوری مثه این توله‌ها برای یه لقمه نون ونگ بزنن . کاسم تـا بچه‌دارشدم وهنوزاو دندون درنیاورده من بمیرم. چه جوری بزرگ میشه ؟ چرا این مرد که شوفر این بدبختو کشت و هیشکه هیچ نگفت و همه مردم زیر بازارچه خندیدن و اونوخت اون پسره دمبشو گرفت و رو خاکا کشونـدش و انداختش روتل خاکروبه‌ها ؟ اگه آدم بود همینجور سرش میاوردن ؟ بله ، معلومه آدمم همینجوریه ؟ چه فرقی میکنه میتپوننش زیر خاك . »

اندام لاغر وباریکش زیرلحاف موج میخورد . شکم بالش زیر سرش گود افتاده بود وسرش افتاده بود پائین . تو رختخواب نیم خیز شد و بالش را چنگ زد و چند تامشت

محکم به پهلوهای آن کوبید و دوباره گذاشتش سر جاش و تنش را باز تورختخواب انداخت . طاقباز خوابید . امادید اگر به پهلو بخوابد راحت تر است . خیزی برداشت و رو دنده راستش غلتید . زانوهاش را تو شکمش تا کرد و یك دستش گذاشت زیر صورتش و دست دیگرش لَخت انداخت رو پهلویش و جلوش زل زد . سپس تو جاش سیخ شد و دوقلم باریك پایش را بهم پیچید و پشت یك پایش‌را زیر کف پای دیگرش قفل کرد و کش و قوس رفت و دهن دره کرد .

فکر کرد به پهلوی دیگر بخوابد . روشکم بخوابد، پاشود بنشیند ، پاشود برود زیر پاشیر آب بصورتش بزند . تو اتاق راه برود ، چند خط مثنوی بخواند . سرش منگ بود و پلکهایش‌هم نمیامد .

ناگهان تو سرش دوید که روزی خواهد مرد و اورا چال خواهند کرد . بفکر لحظه مرگ خود افتاد که چه جوری است ؟ کی است ؟ شاید خیلی زود اما درآن لحظه او چه فَکر میکند؟ دلش هُرّی ریخت تو و درونش لرزید و پاهاش یخ زد .

زق زق قاتی توله‌ها تو شقیقدهایش میکوبید .

« میدیدم که همین ماده سگ اولاٌی بهار چجوری یه گله سگ نر دنبالش افتاده بود و تو کوچه باغیا دور وورش موس موس میکردن واین هی اونارو دنبال خودش میکشید و اونا بسر و کول هم میپریدن و همدیگه رو گاز میگرفتن تا آخرسر یکی از اونا باش قفل شد و سگای دیگه ول کردن و رفتن و بچه‌ها دنبال این دو تا که بهم چفت شده بودن افتادن و با چوب وچماق میزدن رو تیره‌های پشتشون و اونا که نمیتونسن از هم جدا بشن کجکی همدیگه رو میکشیدن وچون هر کدومشون میخواس یه طرف بره ناچار کج کج سر جاشون درجا میزدن و حالا ششتا زائیده شش رنگ. امروز میخواسٌ از این طرف خیابون بره توخرابه ماشین زدش کشتش. خُب بدرك ! یه سگ و چند تا توله چه ارزشی دارن که من خوابمو براشون حروم کنم ؟ مگه زندگی خودم خیلی از زندگی اینا بهتره ؟»

چراغ را روشن کرد. نورپت و پهن سرخی، سیاهی اتاق را بلعید و سایه‌های کج و کوله میز و صندلی وبخاری و سماور واستکان ولیوان تواتاق جان گرفت. تورختخوابش نشسته بود. سرش سنگین و چشمانش تر وآماس کرده بود

وضربان خونِ تورگ گردنش، تو گوشش صدا میکرد. سایه خاکستریش خمیده و رنجور رو دیوار افتاده بود. زوزه توله‌ها کم کم ته کشیده بود ودیگر از بیرون چیزی شنیده نمیشد. اما ته مانده زُق زُق آنها توسرش میرقصید. بادقت به بیرون گوش داد. دیگر صدا نمیآمد.

« چه شد خفه خون گرفتن؟ نکنه سگ نر اومده باشه سرشون بخوردشون؟ گاسم ازبس وق زدن دیگه نا ندارن. اما همشون باهم چرا؟»

چشمانش را باز کرد وچند بار پلک‌های خسته را بهم فشار داد. اما زود دوباره آنها را بست. « چرا باید آدم حتماً شبها بخوابه؟ اصلا من دلم نمیخواد بخوابم. هروخت خوابم گرفت میخوابم. پاشم کفشام واکس بزنم. پاشم شلوارم اتو کنم. نه، یه خرده مثنوی بخونم. حتماً مولانا هم شب کار میکرده. والا چطور تونسد تو این شس هفتاد سال اینهمه کار بکنه. خود دیوان شمس کار یك عمره. چطوری تونسه میون اونهمه خر و خشکه مقدس اینهمه حرفای حسابی بزنه؟ گمونم مینوشته، امـا بعضیاش دس مردم نمیداده. مثه امروز نبوده که چاپ باشه و کتابو چاپ

بزنن وتو دس و پای مردم ول کنن . حتماً اون بیچاره هم گرفتار آخوندا و خشکه مقدسا بوده . حالا هی ازین فکرا بکن و نخواب تا بزنه بسرت و دیوونه بشی .»

لحاف را از روی پاهایش پس زد واز تختخواب پائین خزید . دور و ورش را نگاه کرد و دستی بموهای ژوز کرده‌اش کشید و عبائی بردوشش انداخت .

تو کوچه ماه بود ومرد فانوسی در دست داشت . نور سرخ فانوس، وصله‌های مهتاب اذان زده رو زمین را چرك مرده میکرد و پیش میرفت . از آب شدن تنك برفی که شب پیش‌رو زمین نشسته بود ، زمین خرابه گل شده بود و زباله ها و خاکروبه ها وقوطی‌های حلبی و زرت وزبیل ها پیش نور فانوس برقص درآمده بودند .

لاشه تکیده و خشکیده ماده سگ را دید که با سرخون‌آلود بی‌شکل روزمین به پهلو پهن شده بود وهر شش‌تا توله پستانهای سرد او را بدهن گرفته بودند و با ولع تمام آنها را مك میزدند و نوزگیه های لرزان از دماغشان بیرون میزد .

نوزگه : بوشهری برای زوزه کوتاه بریده وهق‌هق شکسته گریه میگویند.

همراه

شیوه دیگر

دو تا گرگ بودند که از کوچکی با هم دوست بودند و هر شکاری که بچنگ می‌آوردند با هم می‌خوردند و تو یک غار باهم زندگی می کردند . یک سال زمستان بدی شد و بقدری برف رو زمین نشست که این دو گرگ گرسنه ماندند . چند روزی بانتظار بند آمدن برف توغارشان ماندند وهرچه ته مانده لاشه شکارهای پیش مانده بود خوردند که برف بند بیاید وپی‌شکاربروند. اما برف‌بند نیامد و آنها ناچار بدشت زدند . اما هرچه رفتند دهن گیره‌ای گیر نیاوردند . برف هم دست بردار نبود و کم کم

داشت شب می‌شد و آنها از زور سرما و گرسنگی نه راه پیش داشتند نه راه پس.

یکی از آنها که دیگر نمی توانست راه برود بدوستش گفت:

«چاره نداریم مگه اینکه بزنیم بده.»

ـ «بزنیم بده که بریزن سرمون نفله مون کنن؟»

ـ «بریم باون آغل بزرگه که دومنهٔ کوهه یه گوسفندی ور داریم در ریم.»

ـ «معلوم میشه مُخت عیب داره. کی آغلو تو این شب برفی تنها میذاره. رفتن همون وزیر چوب و چماق له شدن همون. چنون دخلمونو بیارن که جدّمون پیش چشممون بیاد.»

ـ «تو اصلا ترسوئی. شکم گشنه که نباید از این چیزا بترسه.»

ـ «یادت رفته بابات چجوری مرد؟ مثه دزّ ناشی زد بکاهدون، و تکه گنده‌هش شد گوشش.»

ـ «بازم اسم بابام آوردی؟ تو اصلاً بمرده چکارداری؟ مگه من اسم بابای تورو میارم که ازبس خر بود یه آدمیزاد

مفنگی دسّ آموزش کرده بود برده بودش تو ده که مرغ و خروساشو بپّاد و اینقده گشنگی بش داد تا آخرش مرد و کاه کردن تو پوسّش و آبرو هرچی گرگ بود برد ؟»

ـ « بابای من خر نبود . از همه دوناتر بود . اگه آدمیزاد امروز روزم بمن اعتماد می کرد میرفتم باش زندگی میکردم . بده یه همچه حامی قلتشنی مثه آدمیزاد داشته باشیم ؟ . حالا تو میخوای بزنی بده ، برو تا سر تو بِبُبرن بِبَبرن تو ده کله کرگی بگیرن . »

ـ « من دیگه دارم از حال میرم . دیگه نمی‌تونم پا از پا ور دارم . »

ـ « اِه ، مثه اینکه راس راسکی داری نفله میشی . پس با همین زور وقدرتت میخواسّی بزنی بده ؟ »

ـ «آره ، نمیخواسّم بدنامردی بمیرم. میخواسّم تا زنده‌ام مرد و مردونه زندگی کنم و طعمه خودمو از چنگ آدمیزاد بیرون بیارم .»

گرگ ناتوان این را گفت و حالش بهم خورد و بد زمین افتاد و دیگر نتوانست از جاش تکان بخورد . دوستش از افتادن او خوشحال شد و دور ورش چرخید و پوزه‌اش

را لای موهای پهلوش فرو برد و چند جای تنش را گاز گرفت . رفیق زمین گیر ازکار دوستش سخت تعجب کرد و جویده جویده ازو پرسید :

ـ « داری چکار میکنی ؟ منو چرا گاز میگیری ؟ »

ـ « واقعاً که عجب بی‌چشم و روئی هسّی. پس‌دوسّی برای کی خوبه؟ . تو اگه نخوای یه فداکاری کوچکی در راه دوست عزیز خودت بکنی پس برای چی خوبی ؟ »

ـ « چه فداکاری‌ای ؟»

ـ « تو که داری میمیری. پس اقلا بذارمن بخورمت که زنده بمونم .»

ـ «منو بخوری ؟»

ـ «آره ، مگه تو چته ؟»

ـ «آخه ماسالهای سال باهم دوس جون‌جونی‌بودیم.»

ـ «برای همینه که میگم باید فداکاری کنی . »

ـ « آخه من و تو هردومون گر گیم . مگه گرگ، گر گو میخوره ؟»

ـ «چرا نخوره ؟ اگرم تا حالا نمیخورده ، من‌شروع میکنم تا بعدها بچه‌هامونم یاد بگیرن .»

ـ «آخه گوشت من بو نا میده .»

ـ «خدا باباتو بیامرزه ؛ من دارم ازنا میرم تومیگی گوشتم بو نا میده ؟»

ـ «حالا راس راسی میخوای منو بخوری ؟»

ـ « معلومه . چرا نخورم ؟ »

ـ « پس یه خواهشی ازت دارم .»

ـ « چه خواهشی ؟»

ـ «بذاربمیرم ، وختی مردم هرکاری میخوای‌بکن.»

ـ « واقعاً که هرچی خوبی در حقت بکنن انکار نکردن . من دارم فداکاری میکنم و میخوام زنده زنده بخورمت تا دوستیمو بت نشون بدم . مگه نمیدونی اگه نخورمت لاشت میمونه روزمین اونوخت لاشخورا میخورنت؟ گذشته از این وختی که مردی دیگه گوشتت بو میگیره و ناخوشم میکنه .»

این راگفت و زنده زنده شکم دوست خود را درید و دل وجگر اورا داغ داغ بلعید .

نتیجه اخلاقی : این حکایت بما تعلیم میدهد که یا گیاهخوار باشیم ؛ یا هیچگاه گوشت مانده نخوریم .

همراه

هفت خرا

بازی در سه سن

آدمها :

محمد — کارگر ، عاشق .

گلی — خدمتکار ، معشوقه محمد

استاد علی — بنّا

پلیس

صاحب خانه

زن صاحب خانه

دو نفر خویشان صاحب خانه

زمان : زمستان سال ۱۳۱۹

جا : تهران

سن ها :

سن اول : نیمه شب زمستان . تون حمام ـ جلو کوره یك گرمابه عمومی .

سن دوم : نیمروز. حیاط خانه‌ای که گلی در آنجا خدمتکار است .

سن سوم : نیمشب ، در همان حیاط و در اتاق گلی .

سن اول

سن   سکوئی است جلو کورهٔ سوزان یك گرمابهٔ عمومی. سرتاسر عقب سن، دیوارسفید شسته رفتهٔ کوره‌است و مانندچهرهٔ ستمگری‌است که دهانی شعله‌ور درمیان‌آن جادارد. براستی بینی و چشم و ابروئی روی دیوار نقش نشده، اماجای اینها چنان است که گوئی دیوار پست وبلند گچ کاری شده و گرد خاك و دوده در پستی وبلندی آن نشسته وچهرهٔ منتقم ستمگری که به‌آتش تهدید میکند نمایان است. شب سرد زمستانی است. روشنی سن از نور سرخگون کوره است و چند نور- افکن ضعیف ازجاهای مختلف وهمرنگ شعله‌کوره. رو سکو، چهارکارگر خفته‌اند و نور کوره رو لاشهٔ آنها میرقصد. پوشش‌خفتگان ژنده وکم است. بالای سر هریك ازآنها یك‌حلب خالی بنزینی‌است که جای رخت آنهاست. چارق هایشان پهلوشان جفت است. فقط یك‌جا خالی‌است که رختخواب پیچیده‌ای بالای آن گذاشته شده و یك بقچه هم پهلوش است. میان دیوار چپ یك در یك لنگه‌ای است که تون را به

بیرون راه می‌دهد . دیوارسوی راست ، سفید و بلند و بی در و پنجره است . جلو این دیواریك نردبان نقاشی ایستاده . صدای جهنمی کوره یکنواخت و تهدیدکننده در تمام مدت بلند است .

در چپ بازمیشود وهیکل گندهٔ محمد میآید تو. در را می‌بندد وکمی‌دم در درنگ میکند وناآشنا به دور ور خود نگاه میکند . گوئی نخستین بار است که آنجا را می‌بیند . سپس میرود پهلو رختخوابش میایستد . محمد جوانی‌است خیلی‌قلچماق، بالا بلند وخوبرو با موهای سیاه پرچین که جا بجای صورت و مو های سرش شتك‌گل نشسته . یك کت سیاه تنگ و نیمدار روی یك پیراهن خط خطی چرك مرده و یك شلوار قهوه‌ای تنش است . نگاهی بـه خفتگان میاندازد و سپس نگاه بیزاری به رختخواب خودش میکند و همچون محکومی میرود و پشت به‌کوره چهار زانو رو زمین می‌نشیند . نخست سرش‌را به زیر میاندازد و به دستهای گنده‌اش که در دامنش است‌نگاه میکند و پس ازلحظه‌ای با چشمان گشاد به‌جلوش مینگرد. نگاهی التماس‌آمیز دارد وسخت غمگین است .گوئی خواب می‌بیند ویك نفرداردجلوش راه میرود و با او حرف میزند و به او نگاه میکند . میمیك صورتش باصدا همراه است ولی لبهایش تکان‌نمی‌خورد. لهجه صدا روستائی است، اما فرق نمیکند ازکدام‌سامان .

صدا

خدایا بازم اومدش . آخه حیف تو نیس که اینجا هم با من میای ؟ این خرابه که لایق تو نیس . چرا اومدی ؟ میدونی که تا حالا داشتم پشت دیوار خونتون راه میرفتم ؟ اینقده راه رفتم که نزدیك بود ازسرما خشك بشم. دیگه دیدم فایده نداره اومدم بخوابم . اما مگه خواب به چشمای من میاد؟ از روزی که دیدمت خواب وخوراك ندارم . روز گارم سیاه شده . نمیدونم چه به سرم اومده . همش دلم میخواد پهلوت باشم. اما ببین ها ، خدا رو خوش نمیاد . من عاشق توام . اگه زن من نشی خودمو سر به نیس میکنم . چقد بت التماس بکنم ؟ آبروم رفت .

صدا بلندتر میشود .

خدایا مرگ برسون . دارم دیوونه میشم .

یکباره صدا پائین میآید ــ بالبخند التماس‌آمیز .

الهی قربون اون قد وبالات برم . الهی درد و بلات بخوره بجونم . تو زن من بشو من میشم نوکر تو . هر فرمونی بدی رو چشمم میذارم . مگه من چمه ؟

دراین هنگام خفتهٔ بغل دست او غلتی میزند و بیدار میشود . محمد را میبیند و توی جایش مینشیند و با تعجب به صورت محمد که جلوش خیره شده نگاه میکند. علی جوانی است خرد اندام با سرماشین شده وپوست قهوه‌ای رنج دیده وگردن باریك و ابروان قوسی . یك بلوز نظامی بی پاگون تنش است . دهن گشاد و گوشهای َبل َبلی دارد . بصورت محمد که با خشم تابتی جلوش خیره شده نگاه میکند و او را تکان میدهد. محمد به او توجه ندارد و چشم ازجلوش بر نمیدارد .

علی

هم لهجه محمد .

چته، بازم که بیداری؟ توهیچوخت نباید خواب بهچشمات بره؟

محمد

اشاره می‌کند جلوش .

اونجاس . بازم اومده .

علی

باتعجب به جائی‌که محمد نشان داده نگاه می‌کند.

کی اونجاس ؟ اونجا کد کسی نیس .

محمد

آرام میشود . با لبخند .

تو کوری . تو هیچوخت اونو نمی‌بینیش .

علی

با نرمی و دلداری .

آخر ما که هیچکدوممون غیر از تو ندیدیمش. اونشب به اللهیار م گفته بودی اینجاس . اوهم ندیده بودش . خودتو داری رو این دختره تموم میکنی . نه خواب داری نه چیز میخوری. بیا بخواب. نزیك صبه. مگه فرداکار، نداری ؟

محمد

همچنان جلوش خیره است ــ آشفته.

رفتش . نگفتم ؟ تا تو حرف زدی رفتش .

باخشم.

چرا ولم نمیکنی به درد خودم بمیرم ؟

علی

با دلجوئی .

آخه منکه دشمن تو نیسّم . زن تو دنیافراوونه ، این نشه یکی دیگه . تو ده خودمون ، به خدا زن پیدا میشه که یه انگشتش به صد تا گلی میارزه .

محمد

همچنان با خشم .

مگه تو گلی رو دیدیش ؟

علی

مهربان .

نه ، ندیدمش . اما دختر شاپریونم که باشد بازم آدم نباید خودشو واسهٔ خاطر او به این روز سیاه بشونه . تو خودت نمیدونی که اون محمد اولی نیسّی . تموم فکر و خیالت پیش این دخترس . بگو ببینم تا حالا کجا بودی ؟ خیلی دیر وختِه .

محمد

مات به دَرِ سمت چپ نگاه میکند. گوئی شاهد بیرون رفتن کسی است . دلسوخته و سخت آشفته .

رفتش . رفتش .

علی

با اصرار .

میگم تا حالا کجا بودی ؟ نزّیك صبح .

محمد

مات بجلو مینگرد .

همونجا درخونش پرسه میزدم .

علی

با دلسوزی.

تا حالا ؟ تا این وخت شب ؟

با بیزاری.

آخرش یه‌کاری میکنی که هم برای خودت و هم برای او رسوائی دُرُس کنی. آخد اگه گرفتنت چه‌کارمیکنی ؟ اگه انداختنت تو زندون کی میاد بیرونت بیاره ؟

محمد

مأیوس.

چه‌کار کنم ؟ دس خودم که نیس. هرچی میخواد بشه بشه.

علی

اگه ننت بفهمه ، از غصه دق میکنه.

محمد

بی اعتنا.

بکنه. دیگه دلم واسهٔ هیچکه نمیسوزه. دلم فقط واسهٔ خودم میسوزه که دردم خود بدون و کس ندونه.

علی

با دلسوزی بسیار.

بیا وحرف منو بشنو و برو ولایت. شاید یادت بره.

محمد

لبخند میزند و سرش را تکان میدهد ـ واله .

یادم بره ؟ مگه روز مرگم یادم بره . من دیگه هیچ جا بند نمیشم .

برزخ .

عجب حرفای میزنی . من که تواین خراب شده هسّم ، شب و روز خودمو نمیفهمم ، چجوری میتونم تو ده بند بشم ؟ عجب راهی پیش پام میذاری .

علی

مثل اینکه میخواهد بچه گول بزند .

امروز دیدیش ؟ باش حرف زدی ؟ آخه چی میگه ؟

محمد

زهوار در رفته .

دیدمش راضی‌نمیشه ، زنم نمیشه. هرچی تو گوشش میخونم چارش نمیشه . میگه زن دهاتی نمیشم .

علی

با افسوس .

والله این واسیه تو زن نمیشه . اگه زنتم بشه خونه خرابت میکنه .

محمد

مگه نه قرار بود تو بری این رفیقت‌رو ببینی ازش بپرسی. رفتی ؟

علی

بله رفتم دیدمش . اما یه حرف هائی میزنه که به عقل آدم جور در نمیاد . خیلیم پول میخواد که از قوهٔ ما بیرونه .

محمد

خیلی با علاقه ـ هولکی .

پول میخواد ؟ چقده میخواد ؟ چه کار میکنه ؟

علی

صد تومن می‌خواد. آخرشم معلوم نیس . آیا بشه آیا نشه .

محمد

خوشحال .

تو که میدونی مـن هفتاد تومن پول نقد دارم . سی تومنم قرض میکنم این که نقلی نیس . میگه چه کار کنم ؟

علی

خیلی چیزا میگه که من دُرُس حالیم نمیشه . میگه تنت خال میکوبه و با خال یه طلسم میاندازه تو سینت که تا

چش دختره بت بیفته یکدل‌نه، صددل عاشقت بشه . اما صد تومن میخواد . صد تومن خیلی پوله . من میگم حالا تـو اومدی و صد تومن پولتو که با هزار خون دل گیر آوردی ریختی تو دس این بابا. اونم تنت‌رو خال کوبید . اونوخت کارت جور نشد و بازم دختره بت محل نذاشت . اونوخت چه‌کارمیکنی . آدم که نباید بهر حرفی گوش بده . اگه...

محمد

با علاقه حرفش را می‌برد .

نفهمیدم . از اول واسم بگو . تو چه گفتی؟ او چه گفت ؟

علی

رفتم پیش یعقوب خالکوب‌ـجا ها رفتم. رفتم تو شهرنو. بش گفتم یه هم ولایتی داریم اومده تهرون کار کنه ، عاشق یه دختر تهرونی شده و او محلش نمیذاره. تو میتونی یه‌کاری کنی که دختره هم اونو دوستش بداره ؟ گفت این که نقلی نیس . کار من همین جور کاراس . رفیقت بیار اینجا من سر تا پای تنش‌رو خال میکوبم و با خال یه طلسمی تو سینش میندازم که تا چش دختره بش بیفته . یه دل نه صد دل عاشقش بشد و همچی دلش واسش بره ، کد مثل لیلی و

مجنون . واسید این کارم صد تومن پول میخواد . میگد خیلی کار میبره .

محمد

ذوق زده .

پاشو همی حالا بریم پیشش . پاشو .

علی

او را آرام میکند .

ند حالا که نصب شبه . همد جابسّد . باشه برای روز جمعه که کار تعطیله . حالا پاشو بخواب .

محمد

آخد من خوابم نمیبره . همش این لامسّب جلو چشممه .

غمناك جلوش را خیره نگاه میکند .

همد جا هسّش ، از توسرم گم نمیشد . توخواب هسّش ، تو بیداری هسش ؛ همین حالام اینجا بودش . یه دقّه ولم نمیکند . تا چشّام ببهم میذارم خوابش میبینم . تو بیداریم همش همرامد . دیگه از دسّش زندگی ندارم .

علی

حالا بیا بخواب تا فردا یه جوری میشد . فردا میریم پیش

یعقوب . شاید خدا خواس دُرُس شد .

محمد

گوئی توخواب حرف میزند .

اگه تهرون نیومده بودم این جوری گرفتار نمیشدم . خیلی دوستش دارم... آخرش زنم میشه.میگیرمش میبرمش ده ... میبرمش ده .

سپس حضور علی را درمییابد ـ با سبعیت .

حالا کیه که من این‌حرفو میزنم. بهمون حضرت عباس قسم اگه زنم نشه میکشمش . دیگه زندگی من تموم شده. بش نشون میدم مرد یعنی چه .

علی

وحشتزده .

حالا پاشو بخواب تافردا . پاشو برادر .

محمد بره وار پا میشود رختخوابش را پهن میکند و هر دو میخوابند و لحاف را سرشان میکشند .

پرده

سن دوم

روز بعد ـ نزدیك ظهر .

سن حیاطی است بزرگ که ساختمان اصلی آن سوی چپ است و منتهی می‌شود به اتاق کوچکی که جلو سوی چپ ساختمان اصلی است ومال گلی خدمتکار خانه است . در حقیقت اتاق تماماً از روبرو ، جلو سن آشکار است . دیوار سوی راست این اتاق پنجرهٔ کوچکی رو به‌حیاط دارد . گلی تو اتاق پای طاقچه برابر آئینه ایستاده وزلفانش‌را شانه میزند و باغرور بخودش نگاه میکند و از خودش خوشش می‌آید .

گلی دختری است هیجده‌ساله، ظریف با گیسوان بافته‌سیاه وچشمان درشت عاشق‌کش و چهره‌کشیده بی‌آرایش. پیرهن پشت‌گلی با کمرچین تا بالای زانو و شلوار دبیت سیاه برتن‌دارد. کفش نخودی رنگ پاشنه کوتاهی برپادارد ولچك حریر آسمانی سرش است . رفتارش خودنما وفریبنده‌است. یك دختر نیمه‌دهاتی ، نیمه‌شهری شیطانی است که مایل است ادای شهریها را درآورد. میان اتاق یك کرسی گذاشته و روی آن یك سوزنی

گل گلی روی یك لحاف شلّه سرخ کشیده شده. یك یخدان مخمل سرخ باچفت و بست و یراق برنجی گوشه اتاق گذاشته شده. اتاق تمیز و شسته رفته است و سلیقه آدمی را که خیلی میخواهد زندگی پاکیزه‌ای داشته باشد نشان میدهد. یك قفس قناری میان درگاهی جلو آویزان است.

سمت راست حیاط یك ساختمان نیمه‌کاره دیده میشود که بنّائی رو جرز نشسته دارد آجر می‌چیند. یك کارگر گل‌کش ازنردبان گل بالا میبرد. محمد پای نردبان ایستاده وآجر بالا می‌اندازد. دَرِ کوچه روی دیوار دست راست کار گذارده‌شده. یك حوض بیضی میان حیاط‌است. آجر و بیل و کلنگ و اسلامبولی و توده گچ و گل پای نردبان دیده می‌شود. گلی از تو اتاق میخواند و میرقصد و بشکن میزند و گاه دزدیده ازدریچه تو حیاط به‌طرف محمد نگاه میکند. ته لهجه روستائی دارد.

گل پری جون، بله.

اینجائی جون؟ بله.

کمك میخوای ؟ نمیخوام .
خسّه میشی ، نمیشم .
وای ، وای ، وای .
چقد اتفـار میریزی ،
چه پررو و چه هیزی ،
منکه میمیرم ازبرات ای دلبرمن .
کمتر بذار ای بی‌حیا سر به‌سرمن .

گل پری جون ، بله .
تو حاضری ، نه خیر .
بیا بریم ، نمییام .
دنیا شر شوره ، ول کن مگه زوره .

صدای گلی تو حیاط پخش میشود . محمد دیوانه وار متوجه اتاق گلی است .

بنّا

همچنانکه روی جرز آجر می‌چیند میخواند . گلی میآید از تو پنجره تو حیاط به بنّا و محمد نگاه میکند و آواز بنّا را گوش میدهد .

شدی به‌خواب و بهم ریخت خیل مژگانت ،
بپای خیز و جدا کن سیاه ناز از هم .
میان ابرو و چشم تو فرق نتوان داد ،
بلاو فتنه ندارند امتیاز از هم .
تو در نماز جماعت مرو که میترسم ،
کشی امام و بپاشی صف نماز از هم.

سپس متوجه حواس پرتی محمد میشود و از بیخ گلو داد میزند .

پسر حواست کجاس؟ زود باش یه چار کی بنداز بالا بینم ظهر شد . مثه اینکه خوابت برده ؟

محمد بادستپاچگی آجررا بالا میاندازد . بنّا ناخن آجر را باتیشه میگیرد ومشغول میشود .

گلی

میرود پای قفس قناری و موچ می‌کشد .

قشنگک مشنگک ، از همه رنگک ، حالت چطوره ؟ دلهٔ سیاه سگ . همهٔ ارزنارو بالا کشیدی ؟ توچقده شکموئی .

سپس سینی حلبی کف‌قفس را بیرون میکشد و میرود لب حوض سر گرم شستن حلبی‌میشود . محمد بربر

به اونگاه میکند ومیخواهد باچشمانش اورا بخورد.

بنّا

همچنانکه سرگرم چیدن آجراست .

پسر ساعت چنده؟ ظهر شده ؟

محمد

یکه میخورد و نگاهی به‌آسمان میکند .

ظهره . آفتاب میون آسمونه .

بنّا

دسّ و پات جمع کن . اون تراز و شوول بذار تو خورجین بریم یه لقمه نون کوفت کنیم بر گردیم .

سپس از نردبان میآید پائین ، سرحوض دستهایش را میشوید. کارگر گل‌کش‌هم‌میرود سرحوض دستهایش را میشوید. محمد سرجایش ایستاد. گُلی از لب‌حوض میرود تو اتاق و سینی حلبی قناری را میگذارد زیر قفس . بنا برمیگردد به‌سوی محمد .

نگاه کن چه جوری ماتش برده. تو فکر کشتیاتی که غرق شده ؟ پسر چرا واسّادی ؟ مگه قهوه‌خونه نمییای؟

محمد

با بی اعتنائی .

نه . حال ندارم . نون پیچه‌ام آوردم همینجا یه لقمه نون میذارم دهنم .

بنّا

بی‌علاقه .

چته ؟ دلت آشوب میکنه ؟ سرت گیج میره؟ کرم داری با. برو دواخونه یه دوای کرم بگیر بخور خوب میشی.

بنّا وعمله ِ گل‌کش ازدر دست راستمیروندتوکوچه. محمد همانجا که ایستاده برببر به اتاق گلی نگاه میکند و یك پاره آجر هنوز تو دستش است . گلی از اتاقش بیرون میآید و ظاهراً بی‌توجه به محمد و باطناً تحریك‌آمیز و کوشا برای جلب توجه محمد میرود تو ساختمان اصلی .

محمد همانطور خیره‌ایستاده جلوش‌را نگاه می‌کند . گلی پس از لحظه‌ای با یك بغل رخت چرك و یك تشت حلبی میآید لب حوض می‌نشیند و رختها را میشوید . کوشش دارد محمد را نادیده بگیرد .

محمد

آهسته آهسته میآید لب حوض می‌نشیند و بی‌آنکه بداند
چه میکند دستهایش را می‌شوید .

شما کمك نمیخواین ؟

گلی

رختها را تند تند چنگ می‌زند .

نه چه کمکی ؟ بازم با من حرف زدی ؟

محمد

شرمسار ــ لبخند میزند .

آخه چه جور میتونم با توحرف نزنم ؟ خیلی رخته . گفتم
شاید کمکی از دسّم بیاد .

گلی

با موذی‌گری .

مگه تو بلدی رخت بشوری ؟

محمد

ذوق زده .

بله که بلدم . پس رختای خودم کی میشوره ؟ اما البته
نه به اون پاکیزگی که شما میشورین . کاشکی من جای
اون رختا بودم .

هفخط

گلی

رختای خودت که رخت نیس.میخوای رختای مردمو چرك ـ مرده کنی ؟

محمد

با حوصله .

پس شما بشورین بدین من واستون آب میکشم و رو طناب میندازم .

گلی

آزار دهنده .

با اون دستای کثیف که هیچوخت پا کمونی ندارن .

محمد

زخم خورده ولی مهربان .

اگه یه وامالك صابون بدی بشورم که دیگه عیبی نداره . گل زود پاك میشه .

گلی

با زخم زبان .

تو همون بهتره که بری عملگیت بکنی . کسی از تو رختشوری نخواسته .

محمد

با تأثر .

مگه عملگی چشه ؟ پس برم از خونهٔ مردم برم بالا ؟

گلی

تحریك‌آمیز لبخند میزند .

هرکاری یه عرضه‌ای میخواد . توعرضه اونم نداری.

محمد

التماس‌آمیز .

آخر تو چرا اینجوری بامن حرف میزنی ؟ مگه من چکارت کردم ؟

گلی

نا امید کننده .

تو خیلی لوسی . از وختیکه تو اومدی اینجا کار میکنی یه دقه منوراحت نمیذاری . همش بم نگاه میکنی . همه فهمیدن . اوساعلی بنّا هم فهمیده . تو آبروی منو بردی .

محمد

التماس‌آمیز .

آخه چه کارت کردم ؟ تو هنوز نمیدونی که من تورو چقد

دوسّ دارم. دسّ خودم که نیسّ . کاری ازمن‌ساخته نیسّ ،
نگات می کنم . اگه بدونی ، دیشب تا نزّیکای صُب دور
و ور خونت پرسه میزدم . دلم نمییومدبرم بخوابم . اینقده
هم دیوارای خونه بلنده که پنجرهٔ اتاقت پیدانیس .

گلی

باخشم ساختگی .

خیلی غلط کردی . میخوای از نون خوردن وازم کنی ؟

محمد

کمی جرأت یافته .

اگه بیای زنم بشی تا عمر دارم خودم نوکریت میکنم .
دیگه لازم نیس دسّ به سیاه و سفید بزنی . حیف نیس با
اون دسّای قشنگت رختهای مردم بشوری ؟

گلی

با افاده .

زن تو بشم رختای تو رو بشورم ؟ مگه آدم قحطیه ؟

محمد

هولکی .

رختای تورم خودم میشورم . نمیذارم دسّ به سیاه و سفید

بزنی. تو همی بشین خونه بچه داری بکن .

گلی

گزنده .

بچیه تو ؟ اه . دلم بهم‌خورد . زن تو بشم‌بیام تو ده زندگی کنم ؟ مردشوردهم بردن .

محمد

خوشحال .

نه، من میام شهر زندگی میکنم . هر کاری بگی میکنم . برای خاطر تو هر کاری بگی میکنم .

گلی

با تحقیر .

تو چه کاری غیر از عملگی ازت برمیاد ؟ من شوور عمله نمیخواهم .

محمد

شیر میشود .

نوکری میکنم . تو کارخونه کارمیکنم. آب شاممیرفوشم . تو هر کاری بخوای میکنم .

گلی

تحریك آمیز .

نمیخوام . مگه‌زوره ؟ زن تو نمیشم .

محمد

دل آزرده .

پس چرا اینقده نگام میکنی ؟ اونوخت تا من‌نگات میکنم روت بر میگردونی . با دس پیش‌میکشی با پا پس میزنی . چرا اینقده لب حوض میای زیرچشمی بمن نگاه میکنی ؟ من که اولش بتو کاری نداشتم .

گلی

مگه اومدن لب حوض قدغنه ؟ خوشم باشه. اینجا خونهٔمنه، هر جاش دلم بخواد میرم . این توئی که چن روز دیگه که ساختمون تموم شد باید از اینجا بری .

محمد

دل زده و ناامید .

اگه من از اینجا برم و تو زنم نشی خیلی بد میشه . خدا عاقبت هر دومونو بخیر کنه . اگر زنم نشی من خودمو نفله میکنم .

گلی

بی‌اعتنا .

بکن ، بمن چه . داغ به دل یخ میذاری ؟

محمد

ذوق زده .

راستی یخ فروشی میکنم . زمستونا هم لبو میرفوشم .

گلی

مرده شور ! تو چقده با مزه‌ای . کاشکی ننت دو تا مثه تو زائیده بود . حالا همینم مونده که بیام زن لبو فروش بشم .

محمد

آه میکشد .

من از روزی که خودمو شناختم همش زحمت کشیدم . هیچوخت یه غُلُپ آب خوش از گلوم پائین نرفته . تو ده که بودم تو جنگ سر آب مزرعه سر مو با بیل شکستن ، نزدیك بود بمیرم. اونوختا خیال میکردم همیشه همینجوری باید زحمت بکشم . اما از روزی که تو رو دیدم دیگه زندگیم یه جوردیگه شده . دلم میخواد واسهٔ تو زحمت بکشم. نمیدونم‌چم شده که همش دلم میخواد پهلو تو باشم و

از پیشت جم نخورم . همش دلم میخواد قد و بالای تو رو تماشا کنم . ببین گلی‌جون، یه اتاق قشنگی میگیرم . من میرم ده یه گلیم خیلی قشنگی دارم و یك جفت لاله هـم دارم ور میدارم میارم شهر اتاقمون فرش میکنم . اونوخت دیگه من هرچی زحمت بکشم ته دلم غرسه . دیگه غصه ندارم . اگه تو زنم بشی .

گلی

حالا پاشو برو ناهارت بخور. اینجا بده پهلوی من باشی. آقام خیلی بد اخلاقه. اصلا چه معنی داره تو بامن حرف میزنی؟

محمد

همانگونه شیفته .

ناهار نمیخوام . نمیتونم چیزی بخورم . همش دلم میخواد پهلو تو باشم . میدونی فردا روز جمعس . من روزای جمعه که اوستا تعطیل میکنند مثه دیوونه ها میشم . هیچ جا بند نمیشم. همش چش چش میکنم کی فردا میشه بیام سر کار و تو رو ببینم . آخر خدا رو خوش نمیاد .

گلی

با شیطنت .

میخوای یه کاری کنم که فردا بیای اینجاکار کنی ؟

محمد

با شوق .

بکن . ترا به خدا بکن . قربون اون قد و بالات برم .

گلی

توآب حوض بلدی بکشی ؟

محمد

آب حوض کشیدن که کاری نداره . بله که بلدم .

گلی

با ریشخند .

اونم زمسّون ، نه ؟

محمد

دلاور .

چه عیبی داره ؟ من واسهٔ خاطر تو تو آتشم میرم .

گلی

میزند زیر خنده .

آحر تو فکر نمیکنی کسی زمسّون‌آب حوض‌خالی نمیکنه؟ راستّی که دهاتی‌هسّی .

محمد

ناگهانی .

تو زن من‌میشی ؟

گلی

خندان ــ تو ذوق زن .

باز تا تو روت خندیدن لوس شدی ؟ مرده رو که روش میدن بله دیگه ...

محمد

واله .

آخه من تورو خیلی دوس دارم .

گلی

خودش را میگیرد .

ننتو دوس داشته باش .

محمد

آه میکشد .

من ننه ندارم . ننم مرده .

گلی

به من چه که مرده .

محمد

خاموش میشود . سپس آه میکشد .

اگه زن من بشی نمیذارم آب تو دلت تکون بخوره . همه کاراتو خودم میکنم . تو همش با قناریت بازی میکنی منم میرم سرکار . شوم شبم خودم دُرُس میکنم میذارم جلوت . چائیم خودم دم میکنم میریزم میدم دَسِّت . نمیخواد تو از جات تکون بخوری .

گلی

من زن دهاتی نمیشم . مگه حرف حالیت نمیشه ؟ دهاتیا خرن .

محمد

بیچاره .

والله خر نیسّن .

گلی

نه . خیلیم خرن .

محمد

آخه تو خودت مگه کجائی هسّی ؟

گلی

با غرور .

من ؟ من اهل شیانم ؟

محمد

شیان؟ شیان کجاس؟

گلی

شیان تو تهرونه. بالای لویزون.

محمد

پاك باخته.

ببین گلی جونم؛ بیا حرف منو بشنو. من تو ده یه زراعت کوچکی دارم میرفوشم میام تهرون با هم زندگی میکنیم. رختای قشنگ قشنگ واست میخرم. واست کفش پاشنه‌دار میخرم، النگو میخرم. من آخه خیلی دلم میخواد تو زن من بشی. تو حیفی زن این شهریا بشی. باید زن یکی بشی که اگه جونشم بخوای بت بده. تو اگه زن من بشی مشد ُمهر میذارم جلوم نمازت میکنم.

گلی

لجوج.

که او نوخت مردم بگن رفته زن دهاتی شده. ها؟

محمد

گلی جون تو از درد دل من که خبر نداری. یه باری رو

دل منه که اگه رو شتر بذارن کمرش میشکنه . نمیدونی من‌چقده خاطر تورو میخوام . من تاحالا هیچکه رو قد تو دوس نداشتم . وختی فکر میکنم که تو میخوای زن یکی دیگه بشی مثه اینکه دلمو با کارد پاره میکنن .

خیلی بیچاره .

آخه این جور که نمیشه . من برای تو میمیرم و تو بمن محل نمیذاری . این شدنیه ؟

خاکسار .

بذار بیام پاهاتو ماچ کنم . آخه من و تو زن و مردیم. عمله ودهاتی یعنی چه ؟ ما هردومون‌آدمیم . من زور بازو دارم ، کار میکنم ، نون در میارم و تو زن‌من میشی مثه شیرین و فرهاد با هم زندگی میکنیم . بچه میزائی مثه دستهٔ گل . تو به من نگاه کن ببین من چمه؟ جوون‌نیستم؟ دس ندارم ؟ یه چشیم ؟ چمه ! شش انگشتیم ؟

دراین هنگام از توی ساختمان اصلی گلی را به نام صدا میزنند . گلی تند از پای تشت پا میشود و دستهایش را بایك رخت چرك خشك میكند و با شتاب میرود توی ساختمان . محمد مدتی‌به تشت رختشوئی

نگاه میکند و بعد متوجه اتاق گلی میشود . پا
میشود و نان پیچهاش را بر میدارد و پرسه زنان
میرود به طرف اتاق گلی . اول از تو دریچه گردن
میکشد تو اتاق را نگاه میکند ؛ بعد میرود جلو
اتاق پهلو قفس قناری. از دیدن قناری لبخند درد آلودی
توچهرهاش میدود ، بعد نان پیچهاش را باز میکند و
یك خرده نان به قناری میدهد و مدتی با قناری
بازی میکند. براش موج میکشد قفس قناری برایش
حالت یك امامزاده دارد وخیلی با ظرافت واحترام
به آن دست میزند . بعد باز نگاهی به توی اتاق گلی
میاندازد و با شوق و محبت تمام آن را ور انداز
میکند . دلش میخواهد برود تو اتاق و مردد است که
برود یا نه . گلی بر میگردد و با کنجکاوی این
طرف و آن طرف نگاه میکند که ببیند محمد کجاست
و چون اورا نمیبیند از نبودن او ناراحت است و هر
دم این طرف و آن طرف نگاه میکند . بعد مینشیند
پای تشت . محمد از پشت دیوار اتاق آهسته پیدا
میشود و گـلـی را که میبیند سر جایش میخکوب

میشود ومدتی به او نگاه میکند. سپس میرود نزدیك او میایستد. گلی سرش به‌کار رختشوئی گرم است .

گلی

تحریك آمیز .

کجا رفته بودی ؟ رفته بودی دزّی ؟

محمد

جاخورده .

دزّی ؟ بمن میگی دزّ ؟

گلی

پس چکار داری تو خونیه مردم کند و کو میکنی ؟

محمد

حالت خود را باز مییابد ـ خوشخو .

رفته بودم پیش قناریت ببینم چجوریه . خیلی قشنگه . مثه خودت میمونه . اسمش چیه ؟

گلی

بهانه‌جوئی میکند .

باسمش چکار داری ؟ اسم نداره .

مکث میکند .

اسمش ببین و نپرسه .

محمد

باشگفتی .

چی ؟

گلی

چمچاره . نگفتم تو دهاتی هسّی حرفای مارو نمیفهمی ؟

محمد

ما که خوب بـا هم حرف میزنیم و حرفای همو میفهمیم . اگرم یه‌چیزای هس که من سردرنمیارم وختی زن وشوور شدیم توبم یاد بده . حالا بگوببینم این قناری مال خودته؟

گلی

آره .

محمد

من خیلی‌دوسّش دارم. بذارهمیشه من بش دونه بدم وزیرش پاك کنم . باش بازی میکنم ؟

گلی

چه خاله خوش وعده ! یکی‌رو تـو ده راش نمیدادن احوال

خونه کدخدارو میپرسید . مگه تو چکاره منی که بدم بـا قناریم بازی کنی ؟

محمد

نومید .

پس تو زن من نمیشی ؟

گلی

باکرشمه .

سی سال !

بنّا و شاگرد گل‌کش از دَرِ خانه می‌آیند تو و میروند سرکار . محمد هم، همچنانکه‌چشمش به‌گلی است میرود سر کار بنّائی . گلی از زیر چشم متوجه اوست .

بنّا

خوش‌خلق .

بچه حالت خوب شد ؟

محمد

حواس پرت .

هنوز نه . خودش خوب میشه .

هفخط

بنّا

کاسم ثقل داری . میدونی ، سه چیزه که بابای آدمو در میاره . ثقل وسرما و رودرواسی . فردا که جمعس یه کار کن از دواخونه بگیر بخور خوب میشی .

محمد

جواب نمیدهد . گاهی زیر چشمی به گلی نگاه میکند.

بنّا متوجه اوست .

بنّا

پسر خیلی حواست پیش این دخترهس . داشم کارگر میباس دس و دلش پاك باشد . آدم که رفت یه جاکار نباس چش و دلش دنبال زن و بچهٔ مردم بدوه . اگه بخوای اینجور کار کنی ، جات تو تهرون نیس . اینو از ما داشته باش .

محمد

آشفته ـ سرخورده .

میخوام بگیرمش ، زنم نمیشد .

بنّا

این کلاه واسه سر تو گشاده داشم . مگه شماها میتونین با دخترای اینجوری زندگی کنین ؟ یا نکن با فیل بونون

دوستی ، یا بنا کن خونه‌ای فیل توش بره . ترو چکار بزن چش و گوش واز ؟ برو دهت یه زن از خودتون وردار ... حالا برو اون شوول و تراز و وردار بیار بچسب بکار .

محمد میرود نان پیچه‌اش را میگذارد پای دیوار و خورجین بنّائی را برمیدارد میبرد پای نردبان . بنا از نردبان بالا میرود . کارگر گل‌کش با بیل گل تو اسلامبولی میریزد .

پرده

سن سوم

چند شب بعد

سن نیمه شب . ماه تمام . حیاط خالی، وهیچکس آنجا نیست. چراغ اتاق گلی بانور سرخِ چراغ نفتی در تب و تاب. سکوت شب سرد روشن زمستان . ماه تو آسمان یخ زده و چهره فسرده‌اش هویدا . گلی زیر کرسی خوابیده و مو های افشانش رو بالش پخش شده . ناگهان هیکل درشت جانور مانندی روی دیوار سوی راست حیاط نمایان می‌شود که مدت کوتاهی خودرا رو دیوار درازکش می‌اندازد. سپس با یك جست میپرد تو حیاط . محمد یکتا پیراهن و شلوار خاکی نظامی شناخته میشود که فوراً راست و شق همچون هیکل غولی خود را بالا میکشد . لحظه‌ای درنگ می‌کند . این طرف و آن طرف را نگاه میکند و سپس با خیز های بلند میرود لب حوض و در آنجا باز اندکی درنگ میکند. نگاهی به ساختمان اصلی میاندازد و بعد به سوی اتاق گلی خیره میماند. هیکلی‌است غول‌آسا واز خود بیخود ؛

چون آدم مصنوعی که از فلز ساخته شده و هیچ از دنیای بیرون و درون خود آگاهی ندارد . سپس آهسته و ماشینی دستهایش درطرف رانهایش بحرکت میآید وناگهان یقه خود را میچسبد و با یك حرکت گریبان خود را تا دامن چاك میزند و پیراهن را به دور میاندازد و تنها یك شلوار پایش میماند . نور فسردهٔ ماه تن نیرومند او را نمایان میسازد . تنش چنان کیپ خالکوبی شده که پوست تنش دیده نمیشود. یك هیکل اهریمنی بسیار نیرومند و تحمیل کننده دارد . بجلو حمله میکند و با یك خیزخود را به پنجره اتاق گلی میرساند . پنجره بسته است کمی با آن کند وکو میکند به آسانی باز میشود و از آن بالا میرود . و آهسته چون پلنگی خود را به کف اتاق میاندازد در نور سرخگون اتاق خالهای نیلی تن او رنگ دیگر بخود میگیرد. زمانی بی حرکت میایستد و رو زمین به جائی که گلی خوابیده نگاه میکند . اندام غول مانند خطمخالی او جلو نور رنگ به رنگ میشود . بر بالین خفتهٔ گلی خم

میشود و بچهرهٔ او نگاه میکند . چهره‌ای آشفته و پر ولع دارد . ممیك صورت با فکرش که به صدا در میآید همراه و هم آهنگ است. اما لبهایش تکان نمیخورد .

صدا

حالا دیگه ولت نمیکنم . به زبون خوش راضی نشدی حالا چشمت که به طلسم افتاد خودت مثه بره دنبالم میای . اگه نیاد چکار کنم ؟ نه ، میاد . طلسم شوخی نیس . دیگه نمیتونی منو اینقده مسخره کنی . منو نگاه کن . چشماتو واز کن . طلسم روببین . تو شبا اینجوری راحت و بی‌خیال میخوابی و خبر از دل من نداری که تا صُب مثه مار توجام به‌خودم میپیچم. واسهٔ خاطر تو بود که تموم تنم زخم کردم. اگه زنم‌نشی، به‌خدا میکشمت. خَفَت میکنم. بعدم خودمو سر به نیس میکنم . بیدارش کنم . چجوری بیدارش کنم ؟ منکه دلم نمیاد . خودت چشمات واز کن . چشمات بنداز به این طلسم به این قشنگی. کاشکی میتونستم بیام توجات پهلوت بخوابم واونوخت هردومون تا صُب قیومت توبغل هم خوابمون ببره. پاشو نگاه کن.پاشو. راه برم شاید ازصدای پام بیدار بشی .

تند تند تو اتاق را میرود. بعد برمیگردد بالای سر گلی میایستد و بصورت او نگاه میکند.

خَفت کنم تا چشات واز کنی. تو نمیخوای زن من بشی و بری تو بغل یکی دیگه بخوابی؟ مگه میشه. اونوخت زندگی من به چه درد میخوره؟ هی برم کار کنم و شبا به یاد تو که تو بغل یه گردن کلفت دیگه خوابیدی آروم نداشته باشم؟ دیوونه میشم. میمیرم.

با التماس و زاری.

بیا دختر بریم ده مثه شیرین و فرهاد با هم زندگی کنیم. خودم نوکریت میکنم. آخه منکه دارم ازعشق تو نفله میشم. من دلم نمیاد تورو بیدارت کنم. خودت چشات واز کن وبمن نگاه کن. چشمات بنداز تو چشای من. پاشو ببین چه طلسم قشنگی واسهٔ خاطر تو رو سینم کندم. تموم گوشتِ تنم سوزن آجین کردم تا تو منو بخوای.

خم میشود رو زلفهای گلی دست میکشد.

چه مو نرمی داری. مثه گلابتون میمونه. الهی قربونت برم. قربون اون چشات برم که روهم گذوشتی.

رو صورتش دست میکشد .

به ! چقده نرمه . مثه برگ گل میمونه .

دختر آهسته زیر لحاف تکان میخورد و محمد گیج تماشای پیچ و تاب لحاف است . با تکان خوردن گلی راست وامیایستد . دخترك بیدار میشود و چشمانش را باز میکند وهیکل گنده ولخت محمد را بالای سر خود میبیند. وحشت زده تو جایش مینشیند و نعرهٔ وحشتناکی میزند و باترس پا میشود میدود به طرف در عقب اتاق و آن را باز میکند و فریاد میزند : دزّ ـ دزّ .

محمد

همچون مجسمه جلوش ایستاده و تنش را باو نشان میدهد ونیشش‌باز است. داد میزند . مطمئن و پیروز-مندانه میخندد .

ببین ! ببین .! طلسم !

گلی

به دادم برسین . دزّ ، دزّ .

ازاتاق بیرون میرود . محمد تادم در دنبالش میرود .

محمد

برمیگردد بالای رختخواب .

ببین ، طلسمو ندیدی .

مثل اینکه هنوز تصور میکند گلی تو رختخوابش خوابیده روی آن خم میشود .

ببین طلسمو . ببین .

گلی

دیده نمیشود . صدایش بلنداست .

بدفریادم برسین . دزّ دزّ .

چراغهای ساختمان اصلی روشن میشود . صاحب خانه بازنش وچندتا آدم دیگر میریزند توحیاط و میدوند در کوچه را باز میکنند وفریاد میکشند .

آژان ! آژان دزّ .

یك پلیس ده تیر به دست میآید تو حیاط و همگی میریزند تواتاق گلی . گلی با آنها نیست .

محمد

بالای رختخواب گلی ایستاده و مثل گریلی که از

قفس فرار کرده‌باشد دستهایش را به‌سینه‌اش رو طلسم میکوبد .

ببین! تو طلسمو ندیدی؟ تو طلسم به این قشنگی‌رو رو سینهٔ من نمیبینی ؟

همگی به‌اندام فلزی و نخراشیدهٔ محمد خیره میشوند. پوست تنش رنگ مس گداخته گرفته .

کجا رفتی ؟

با التماس .

ترو خدا بیا طلسمو ببین . اینو من برای خاطر تو تو سینم انداختم که تو زنم بشی .

پلیس

باده تیر به محمد نشانه میگیرد .

اگه تکون بخوری میکشمت .

محمد

اندامش رنگ وارنگ میشود و به جانور مسخ شده‌ای برمیگردد .

گلی جونم طلسمو دیدی بازم منو نمیخوای ؟

پلیس

ازتو جیبش یك دستبند بیرون‌میاورد و به‌طرف صاحب‌خانه دراز میکند ـ چشمش به محمد است.

اگه من ازش غافل بشم ممکنه‌بخواد جنغولك بازی دربیاره.

شما اینو بگیرین بزنین به دسّش. زور بدین‌خودش قلف میشه.

گلی‌که تاحالا بیرون بوده بواش یوایش و با ترس میآید تو .

صاحبخانه

گوئی چیزی یادش میآید .

انگاری اینو من میشناسمش .

گلی

برای نخستین بار به صورت محمدنگاه میکند واورا میشناسد و سپس ناگهان دلباخته اندام ورزیدهٔ او میشود و بی‌تابانه فریاد میزند .

آقا این همون عمله‌اس که روزا با اوسّاعلی کار میکنه .

محمد

گلی جون منو تماشا کن . ببین چه طلسم قشنگی برات روسینم خالکوبی کردم . گل بته‌هاش رو تماشا کن .

صاحبخانه

ترسش میریزد .

نمك بحروم روزا میای راه وچاه رو یاد بگیری که شبا بیای دزّی ؟ این چه ریختید ؟

گلی

محوتماشای محمد ومفتون‌اندام اوست ـ بامهربانی و همدردی مثل اینکه دوتائی با محمد تنهاهستند .

پس‌لباسات کو؟ تو این سرما آدم یخ‌میزنه. چرا لخت‌شدی؟

محمد

باخون خودم برای تو روسینم گل وبته دُرُس کردم‌تا سرت بذاری روش و من لالائیت بگم . خوب نگاه کن چه باغ قشنگی واست دُرُس کردم .

پلیس

به ساحبخانه .

معطل نشین این دسّ بند و بش بزنین .

صاحبخانه

مشکوك وترسیده ـ به‌گلی.

دسّ‌بند وتوبش بزن. مادم درو می گیرم که اگه بخواد در

ره جلو شو بگیریم .

گلی

خود باخته و مفتون گوئی ازخواب بیدارشده ـ سخت دلباخته محمد است .

آقا این دزّ نیس . این همون محمدس که میاد با اوساعلی کار میکنه . آقا بخدا این دزّ نیس .

پلیس

دست‌بند را بطرف گلی دراز می‌کند .

آها ! حالا فهمیدم . معلوم میشه دست توهم توکاره . نکنه تو خودت دَرِ کوچه رو روش واز کردی . این عمله س ؟ عملهٔ اینجوری این همه تنشو خال میکوبه؟ حتماً این ازون هفخطّاس که بدون هف هش ده سال تو زندون خوابیده که تنشو اینجوری خالکوبی کردن . این ازون سابقه داراس .

خشن و با تحکم .

زودباش بگیر مچاشو بذار این تو زور بده خودش قلف‌میشه.

گلی

حرفهای پلیس را نمیشنود . چشمش به محمد است خطابش به صاحب خانه.

نه‌آقا این‌همون‌عمله‌س.خودشه. منکه اول‌دیدمش‌نشناختمش.

صدایش بلند میشود مثل این که تنهاست باخودش حرف میزند.

چه تن و بدن قشنگی داری. چه نقش نگار خوشگلی. الهی قربونت برم. من کنیزت میشم. من خاك پاتم. الهی دورت بگردم. برو رختاتو بکن تنت سرما نخوری. من نمیدونسّم تن و بدن تو اینقده خوشگله. میام بات ده. زنت میشم. کنیزیت میکنم ...

پلیس

خوشحال.

نگفتم زیر کاسه نیم کاسهٔ؟ زود باش سلیطه این دس بند رو با دس خودت بزن به دسّش. خودتم راه بیفت. شما دوتاتون دس بیکی هسّین.

گلی

که حرفهای پلیس را اصلا نمیشنود.

الهی درد وبلات بخوره به جونم چه هیکل قشنگی داری. مثه طاووس میمونی. الهی خودم پیش‌مرگت بشم.

بی‌اراده دست بند را که پلیس تو دستش میگذارد از او میگیرد. گوئی تو خواب راه میرود. به طرف

محمد میرود. نگاهشان توهم پیچ میخورد و مثل این است که میخواهند در آغوش یکدیگر بیفتند .

چه کلای قشنگی . من خودم کنیزتم . منتت هم دارم . زنت میشم باهم میریم ده .

محمد همانجا که ایستاده خندان‌دستهایش را به‌سوی گلی دراز می‌کند وحالتی دارد که‌هم می‌خواهد گلی را درآغوش بگیرد وهم‌خودش دستهایش‌را به دلخواه خود دراز کرده که گلی به‌آنها دستبند بزند. حالت گنجشگی را دارد که افسون مار شده . گلی دستبند را به دستش قفل میکند. پلیس میرود نزدیك محمد و دو تا چك میگذارد تو گوش او . محمد تکان نمیخورد و لبخند بر لب دارد و همچنان واله روی گلی است. صاحبخانه و دیگران میریزند سر محمد واورا کتك میزنند. گلی خودش را رو زمین میاندازد و بلند گریه میکند .

پرده